常怡——著

故宮裡的大怪獸

|升級版|

MONSTERS IN THE FORBIDDEN CITY

貔貅嚮往的世界

9

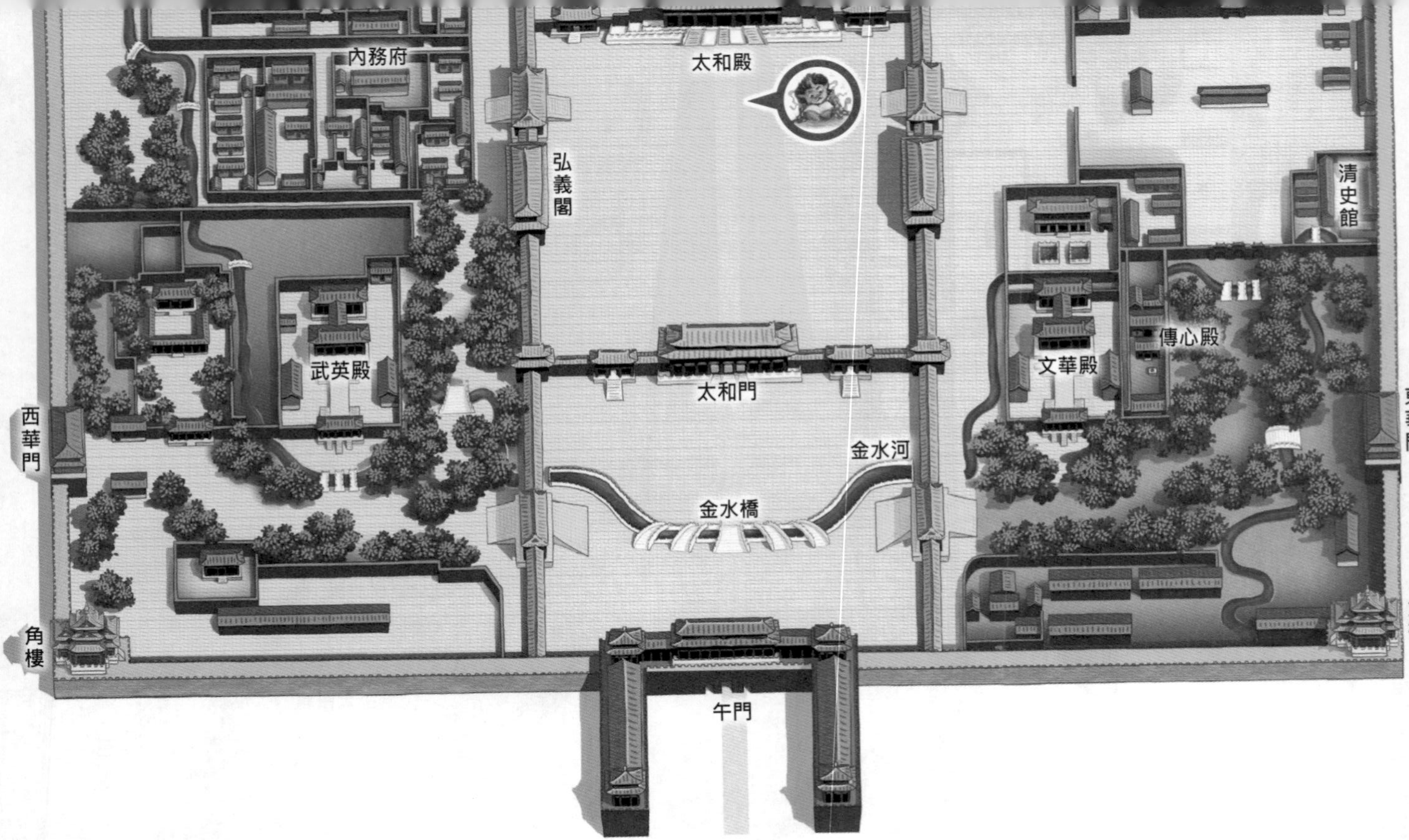

故宮怪獸地圖

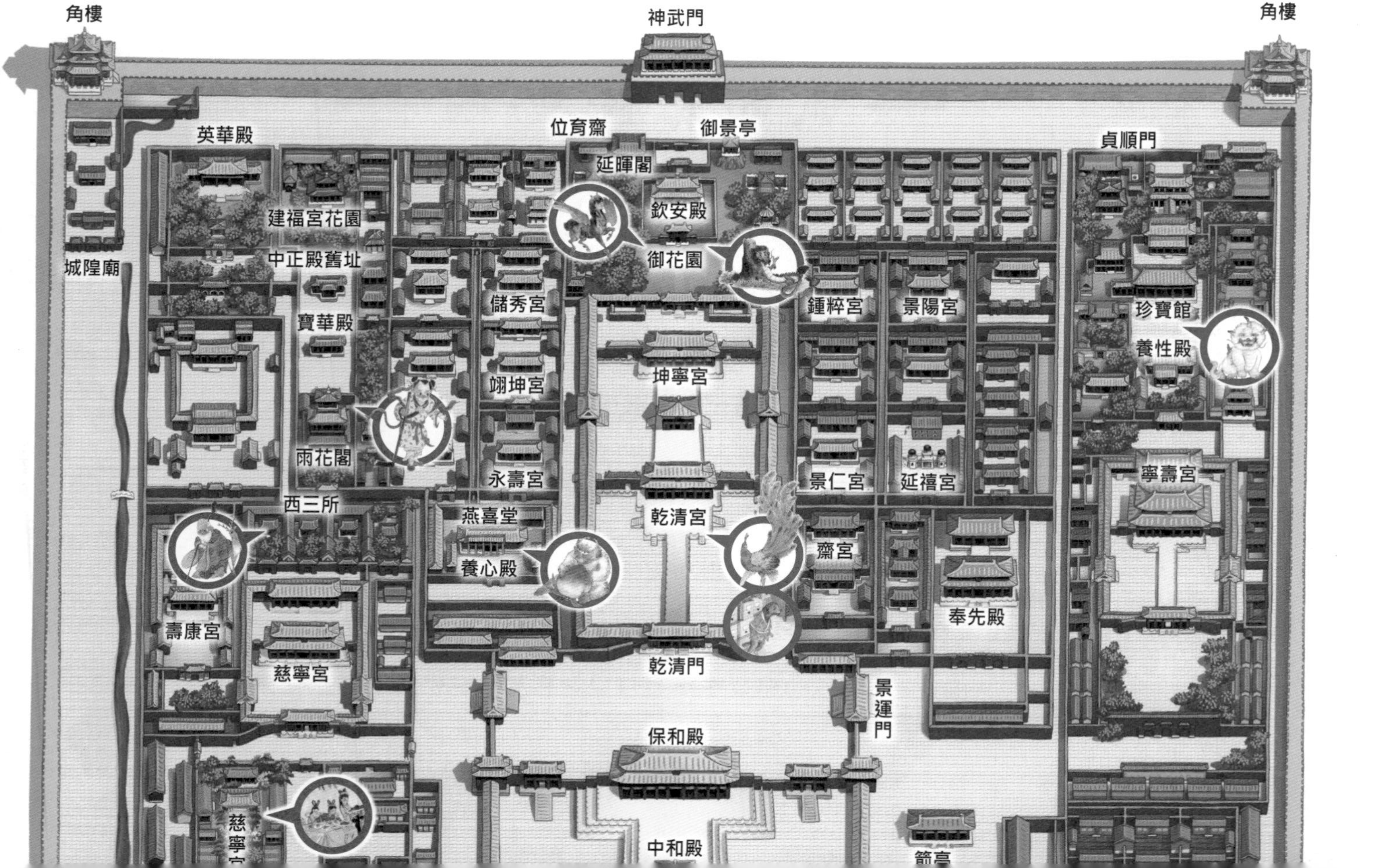
角樓
神武門
角樓
位育齋
御景亭
貞順門
英華殿
延暉閣
欽安殿
建福宮花園
御花園
城隍廟
中正殿舊址
儲秀宮
鍾粹宮
景陽宮
珍寶館
寶華殿
養性殿
坤寧宮
翊坤宮
雨花閣
永壽宮
景仁宮
延禧宮
寧壽宮
西三所
燕喜堂
乾清宮
齋宮
養心殿
奉先殿
壽康宮
慈寧宮
乾清門
景運門
保和殿
慈寧宮
中和殿
箭亭

角色檔案

蟠龍

因為沒能成功升天，只能藏在水中生活的龍。沒有長角，地位很低，卻因為出租名字的生意，讓自己搖身一變，成為高貴的龍類。

白猿

猿猴修鍊八百年才能成為白猿，也就是渾身雪白的猴子。「畫琺瑯白猿獻壽圖攢盒」在故宮展覽時，上面的白猿弄丟了自己守護近三百年的蟠桃，於是來找李小雨幫忙。

貔貅（ㄆㄧˊ ㄒㄧㄡ）

有一張可以吞下鯨魚的大嘴，圓鼓鼓的腦袋像蟬，身體則像麒麟。喜歡吃金銀財寶，只進不出。傳說「雄為貔，雌為貅」，貔喜歡站在高處遠眺，脾氣差；貅常常是慈母，善於招財。

英招

守護天帝花園的神獸。他長著人頭、馬身，渾身長有斑紋，背上有一對碩大的翅膀。為了追回從崑崙山逃跑的萬年蟾蜍，第一次來到了故宮。

南極老人

南極星的化身，是壽星仙人。聖誕節前夜出現在故宮，被李小雨和小動物們誤當成了來送禮物的聖誕老人。

孔雀

被認為是擁有高尚品德的神鳥，代表著天下的文明和修養。而孔雀膽則被稱為「天下第一毒藥」，傳說御藥房裡就藏著這種「毒藥」。

芒童

春神在立春時經常會變成一個趕著耕牛的小孩，叫芒童。他來到延慶殿的院子裡，播下春天的種子。今年他的耕牛病了，只有請李小雨和楊永樂幫忙了。

角端

怪獸中的博士，能日行一萬八千里，通曉所有國家的語言，總是捧著書護衛在皇帝的旁邊。楊永樂遺失洞光寶石耳環以後，角端給予了他特別的幫助。

目錄

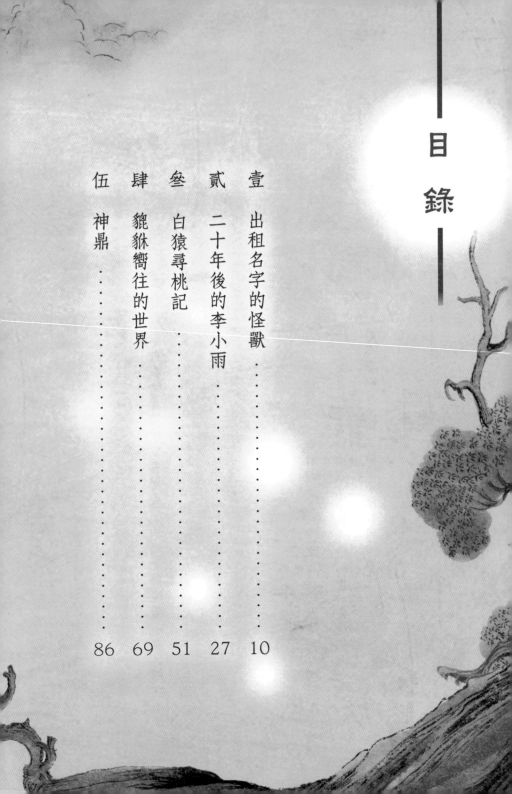

壹 出租名字的怪獸

【壹】出租名字的怪獸

難得今天我放學早，回到故宮時，到處都擠滿了遊客。

我背著書包路過太和殿，聽到一位老大爺隔著圍欄讚嘆：「這上面的蟠龍藻井金閃閃的可真氣派。」

「聽說蟠龍有靈性呢！如果下面寶座上坐的不是真龍天子，蟠龍口中的軒轅鏡就會掉下來，把寶座上的人砸死。」旁邊的人搭話。

「嘖嘖，怪不得，怪不得呢！」老大爺不住地點頭。

沒走兩步，我又聽見一個舉著小黃旗的導遊用擴音喇叭說：「……寶座兩旁，大家可以看到六根高大的蟠龍金柱，上面金色的蟠龍活靈活現……」

又是蟠龍！

我想。

真的，最近這段時間，經常會聽到這個怪獸的名字。

兩天前，在珍寶館門口也聽見有人說什麼「蟠龍紋的白玉瓶」……故宮裡這個怪獸的影子還真不少啊！

可是，為什麼我在故宮待了這麼久，參加了好幾次怪獸們的聚會，卻從來沒見過這個怪獸呢？就連社稷神那麼重要的晚宴他都沒出現過。難道，他是一個喜歡安靜的怪獸，所以從不露面？還有比椒圖更喜歡安靜的怪獸嗎？

我舔了舔嘴唇，不禁開始好奇起來。

在故宮裡尋找一個隱居的怪獸，還有什麼比這更有意思的呢？我真恨不得立刻丟下書包，去開始一場冒險。向誰去打聽蟠龍呢？怪獸領袖龍大人？還是怪獸博士角端？或者野貓梨花？一直到吃晚飯，我心裡一直在琢磨這件事。

黃昏時，我被媽媽打發去故宮外面的超市買東西。走過太和殿時，聽到坐在房簷下的騎鳳仙人對著我喊「妳好」，我連忙跑過去問：「仙人，你認識蟠

龍嗎？」

「蟠龍？」騎鳳仙人一愣，然後像剛從夢中醒來似地說：「啊！妳說蟠龍啊！認識是認識，不過我可好一陣子沒見到他了。妳怎麼突然問起他來了？」

「最近總聽見有人把他掛在嘴邊呢！」我回答，「可是我怎麼從來沒在故宮裡見過他呢？」

「妳最好不要見到他。」騎鳳仙人擺出一臉輕蔑的神情，說，「那傢伙就知道做生意，所以在怪獸中的名聲不太好。」

「做生意？」我有些意外，問，「他都做些什麼生意呢？」

騎鳳仙人沒好氣地說：「都是些見不得人的生意，龍大人對這件事很生氣，不是普通的生氣。不過那也沒辦法，因為沒有規定說怪獸不能做生意，所以蟠龍不算違反規定。」

他這麼一說，我更好奇了。

「你知道蟠龍住在哪兒嗎？」

「妳算是問對人了！」騎鳳仙人壓低聲音說，「故宮裡，除了那幾隻麻雀、烏鴉外，大概只有我知道他住在哪兒。」

「住在哪兒？」我靠近他。

「妳是要去超市嗎？」騎鳳仙人看看我手裡的購物袋，突然換了話題。

我莫名其妙地點點頭，說：「是的，媽媽叫我去買點東西。」

「能幫我帶包洋芋片嗎？要番茄口味的，最近做夢都夢到那個味道。」他舔了舔嘴唇說，「錢妳先幫我墊，我最近手頭有點緊……」

原來是這樣。

「好吧！」我點點頭說，「快告訴我蟠龍住在哪？」

「晚上八點妳到御花園東南角那棵龍爪槐下去找，他準在那兒。」他囑咐說，「千萬別去太晚，他不會在那裡待太久。」

「謝謝了！」我跳了起來。

「妳一會兒還從這裡經過吧？」騎鳳仙人不放心地問，「可別忘了我的洋芋片。」

「不會忘的！」

我跑了起來，今天我一定要把蟠龍這個怪獸查個水落石出。

還好，沒有遲到。

把番茄口味的洋芋片送給騎鳳仙人，又把超市買的東西送回媽媽的辦公室，我跑到御花園那棵老龍爪槐前的時間恰好是八點零一分。

騎鳳仙人說得沒錯，高大的龍爪槐下，一個青黑色的怪獸正趴在那裡。他的樣子有些像龍，但卻沒長龍鱗，也沒長龍角，長長的身體像蟒蛇一樣有暗色的花紋。我有些奇怪，他和太和殿藻井裡、柱子上的金龍長得一點都不像。

他本來盤旋著身體，懶懶地靠在槐樹粗大的樹幹上，但一看見我，他突然間熱情洋溢地唱了起來：「蟠龍，多麼響亮的名字！它將讓您的產品光彩奪目，充滿皇家氣派！」

這樣的歌詞，他連著唱了三遍。過了一會兒，他才像是清醒過來似的，不好意思地抬起頭對著我笑了笑：「哈哈，別奇怪，我形成條件反射了。您可是我這個月的第一筆生意。」

說著，他把他的尾巴往裡面移了移，好讓我能夠離他更近。

我往前走了一步，說：「我是來……」

沒等我把話說完，他已經開始點頭了：「我知道，我知道，我當然知道您是來找我幹什麼的。怎麼說我也是個神獸。」

「你知道？」我有點意外。

「您是做什麼生意的？」他問，「別怪我好奇，像您這種年齡的顧客，我還是第一次碰到。」

「我不做生意。」我回答，「我還在上小學。」

「啊！那我明白了。您租名字是想送給寵物的？還是給您新買的鉛筆盒命名？」他說話時努力使嗓音達到悅耳動聽的程度，既緩慢又低沉。

我撓撓頭：「租名字？什麼意思？」

這回輪到蟠龍吃驚了。

「您來找我不就是為了租名字嗎？難道還有別的需求？」蟠龍堅決地搖搖頭說，「除了出租名字以外，別的生意我可不做。以前也有顧客提起過，像什麼潛水啊，拍藝術照之類的，都太傷我的身分。」

出租名字？這樣的生意我可是第一次聽說。

「你出租什麼名字呢？」

「還能有什麼名字？我只有一個名字，那就是『蟠龍』！」他皺起眉頭問，「難道您不是來找我租名字的？那您來這裡幹嘛？」

「我……我是來拜訪你的。」

「拜訪？妳是誰？」蟠龍警惕地上下打量著我。

「我叫李小雨，我媽媽是……」

「啊！妳就是那個文物庫房保管員的孩子。」蟠龍放鬆下來，重新懶洋洋地靠在了樹幹上。「別看我足不出戶，但是故宮裡的事情沒什麼能瞞得住我。」

接著他問：「妳來找我有什麼事嗎？」

「我經常聽到別人提起你，像什麼蟠龍藻井，蟠龍金柱，蟠螭白玉壺，蟠雲御墨……你好像很有名！」

蟠龍得意地笑了笑說：「這主要是因為近一百年來我的生意越來越好。」

我有點聽不懂：「生意？你是說出租名字的生意？這些和你的生意有什麼關係？」

「有什麼關係？關係大了！」蟠龍脫口說，「因為這些名字都是我租給他們的。」

「他們？」

「就是你們人類。」蟠龍無聊地甩了甩尾巴說，「跟我租名字的都是你們這些人類。每當他們看見一條龍，或者像龍的花紋，又不知道那是什麼龍時，就會想到我。然後，我就會把我的名字租給他們，於是就有妳今天聽說的蟠龍藻井、蟠龍盤子這類的名稱。」

「租？你是說這些叫蟠龍的東西，名字都是租的？」我大吃一驚。

蟠龍點點頭：「根據物品大小、年代什麼的，租的價格不一樣。像藻井這種建築物類的就要貴一點。但最貴的還是租我的名字給動物，像小狗、小貓、花栗鼠什麼的，因為這個價格裡要包含我的形象損失費。」

「如果這些名字都是租的話……」我的大腦飛快運轉著，「那也就是說，這些東西上面的龍其實並不是你，對嗎？」

「聰明的小姑娘。」蟠龍讚賞地看了我一眼，說，「沒錯，那些龍並不是蟠龍。只是有的人類不願意花力氣去弄清楚他們是誰，所以就租我的名字用而已。像妳這樣對怪獸感興趣的人可不多。」

「那太和殿藻井裡、柱子、玉壺、御墨上的龍是誰呢？」我問。

「他們……」他說到一半突然停住了，警惕地看了看四周，壓低聲音才接著說，「他們都是雲龍，就是你認識的龍大人，他才是真正的龍，能飛上天空在祥雲裡穿梭，也可以潛入大海，掀起波浪。妳也看到我的樣子了，我和雲龍的長相還是不一樣的。」

我點點頭，一開始我就發現這點了。

「蟠螭玉壺上的龍是螭龍。而蟠雲御墨上的龍是夔龍，因為他還有另一個名字叫蟠夔，所以會叫蟠雲御墨。」他接著說。

我還是有點納悶，「其實，人們只要稍稍查點古書，或是問問專家，就應該能弄清那些都是什麼龍，為什麼還要租你的名字呢？」

「近百年來還有幾個人會為一條龍的名字去查古書？又有哪位專家有時間解答這些在他們看起來毫無難度的問題呢？」蟠龍嘲笑道，「其實，不過是以前民間喜歡叫那些東西為『盤龍藻井』，或是『盤龍金柱』，形容的是那些雲龍在藻井裡或柱子上的樣子，是盤著身體的。而『盤』和『蟠』的音調相似，後來那些圖省事的人，就直接租用了我的名字，叫它們『蟠龍藻井』、『蟠龍金柱』，好讓自己顯得更有學問一些。自從我發現了這點，就開了這出租名字的買賣。沒想到生意相當不錯，好多人都覺得『蟠龍』是個相當氣派又高貴的名字。」

我搖搖頭說：「我不覺得這是什麼好生意。把自己的名字冠在不是自己的形象上，這有什麼意義呢?太無聊了。」

怪不得連騎鳳仙人都說，蟠龍做的是「見不得人」的生意。我心裡想。

蟠龍似乎受了委屈，他挺直腰桿，驚訝地望著我。

「妳知道什麼！」他說，「妳知道蟠龍的『蟠』字是什麼意思嗎？」

我想了想，搖了搖頭。

「在古代，『蟠』是『伏在地面上』的意思。很多時候，『蟠』字甚至是用來指蚯蚓這類地下的蟲子。」他深吸了一口氣，接著說，「所以『蟠龍』這個名字的意思就是沒長角的、下等的水龍。我們屬於沒能升天的龍，不會飛，也不能在雲間穿梭，只能藏在水裡生活。有的古書裡還說我們有毒，會傷人，把我們和蛇混為一類。在這金碧輝煌的宮殿裡，怎麼會用我們這種下等龍的形象呢?沒人看得起我，無論神仙、怪獸還是那些古人們。直到這一百年，人類不再關心我們這些怪獸背後的故事，我才能因為我的名字中有一個『龍』字，而變得高貴起來。也能和那些傲慢的怪獸們一起被稱為神獸，這樣翻身的機會我怎麼能不抓住呢？」

聽了這些話，我有些同情他了，我沒想到一個怪獸也會受這樣的心理創傷。

「其實你說的都是古時候的事情，那時候人類分皇帝、貴族、平民甚至奴隸，怪獸可能也分高級怪獸和低級怪獸，連神仙都分什麼大仙和小神。」我輕聲安慰他，「但是現在不一樣了，在我們這個時代，大家都是平等的。所有人只是分工不同，不會因為工作或者金錢的區別，就說有的人低下，有的人高貴。我媽媽告訴我，只要人格是高貴的，這個人就是高貴的。就算他沒錢，就算他只是個清潔工，他也是最高貴的人。我想在怪獸的世界，這個道理也一樣。」

「真是這樣嗎？」蟠龍懷疑地看著我，一副不相信的模樣。

我吸了一口氣說：「你看，我只是個平凡的小學生，不會法術，不會飛，功課也很普通，跑得也不快。但是，龍、斗牛、行什、狻猊……這些故宮裡的大怪獸們都把我當朋友看待，尊重我，甚至找我幫忙。他們一點也不在乎我笨，年齡小，什麼都不會。難道這還不能證明嗎？」

蟠龍似乎被我說動了，他晃了一下身體，仍然有些不放心地問：「我為什麼覺得其他怪獸不太喜歡我呢？」

「那不是因為你是蟠龍，而是因為你那個出租名字的生意。」我大聲說，「我相信，如果你不再做這個生意，大家會慢慢把你當朋友的。」

「真的？」他瞇著眼睛看著我。

「反正我會第一個把你當朋友。」我微笑著說。

蟠龍居然害羞了，他低下臉，小聲地說：「我還從來沒交過朋友呢！」

「那樣的話，我們擁抱一下吧！」

說著，我就張開雙臂抱了一下蟠龍的脖子。

「原來這樣就是朋友了……」他認真地說。

「既然是朋友了，我以後會經常來找你玩。你剛才說宮殿裡不會用你的形象做裝飾，那你到底住在哪兒啊？」我問。

「我就住在這裡啊！」蟠龍仰頭望了望頭頂上的龍爪槐。

我這才注意到，這棵巨大的龍爪槐前面豎著一塊小小的鐵牌，那上面寫著三個字——蟠龍槐。

貳

二十年後的李小雨

「喂，妳知道嗎？龍開始上網了。」楊永樂對著我說。

「上網？」我有點吃驚，「什麼時候的事？」

「就是十月一日以後，故宮裡開始提供免費 Wi-Fi 服務的時候。」他回答。

「他用什麼上網呢？我是說，他總要有電腦或者手機什麼的。」

「平板電腦。」他聳了聳肩回答，「我也不知道他哪裡弄來的。但是我聽角端說，龍徹底迷上那玩意兒了，整天泡在網路上，還自己建了個網站。」

「網站？」我有一個不太好的預感，問他，「什麼樣的網站？」

龍雖然一遇到正經事總是躲起來，或者推給斗牛，但是在惡作劇各方面，他絕對是專家。

「聽說網站名字叫『道破天機』，但我還沒來得及上去看看。」

我們正站在迎春閣的臺階上，參加一場野貓的婚禮。那隻叫銀光的野貓，

平時經常髒得看不出什麼顏色，今天卻像剛剛洗過澡似的，乾乾淨淨地站在那裡，鬍鬚也剪得整整齊齊，毛閃著光澤，更沒有什麼眼屎，簡直讓人認不出來了。銀光娶的是一隻叫奶油的白貓，她是故宮裡最漂亮的母貓，連梨花都認為銀光配不上她。所以，銀光舉辦一場特別盛大的婚禮，不但請了故宮裡所有的動物，還請了我和楊永樂。

婚禮的儀式開始了，新人們在百年槐樹下唸了誓言，分吃了一條鯉魚。野貓們還合唱祝福的歌，雖然那聲音在我聽來難聽得要命，但野貓們都很投入。

眼看著婚禮儀式進入最高潮，銀光和奶油卻直直地朝著我和楊永樂走了過來。

我瞪大眼睛看著他們，「怎麼了？出什麼問題了？」

我一問，銀光前爪併在一起，一副煞有其事的樣子說：「我們希望得到你們的祝福。喵。」

「我們？」我看看楊永樂，他也看了看我。

銀光眨著眼睛，一口氣說道：「沒錯。說實話，野貓們大多不看好我們的結合，認為奶油跟著我只能過翻垃圾的苦日子。所以，我想今天就證明給大家看，奶油和我能過上好日子。但這需要你們人類的說明。喵。」

我盯著銀光，這隻野貓準是瘋了，他們將來會不會幸福我怎麼可能會知道？但今天畢竟是他的婚禮，所以我還是客客氣氣地說：「我們不是神仙，沒有預知未來的能力。」

「這我當然知道。喵。」銀光不客氣地說，「我沒打算讓你們預言什麼，只是想讓你們幫我登入一下『道破天機』網。」

「你是說龍創建的那個網站？」楊永樂吃驚地問。

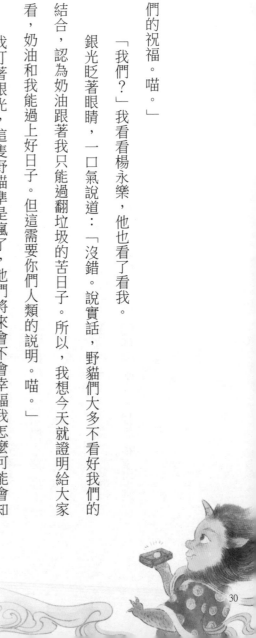

「沒錯，就是龍大人的網站。喵。」銀光眼睛亮閃閃地看著他說，「你不知道嗎？只要登入那個網站，你就可以知道自己未來的樣子，一年後、兩年後……甚至十年後。」

「還有這種事？龍大人是怎麼做到的？」我的嘴巴張得超大。

楊永樂則一臉的不相信，「大概是個惡作劇，你說不定會看到你十年後變成了一條龍或者一隻豬……」

這下，銀光生氣了：「你們認為我會在自己的婚禮上開這種玩笑嗎？已經有人嘗試過了，看到了真實的未來的自己。喵。」

我小小地吃了一驚，真有這種事？

這時候，梨花走過來說：「銀光說得沒錯，龍大人這次開了個大玩笑。雖然你看到的只是短短一小段沒有聲音的影片，但那的確是真實的未來的自己。

喵。」

「所以，你們會幫我這個忙吧？喵。」銀光眨著眼睛。

我點點頭，說：「只是登入網站的話，應該沒什麼問題……」

我的話還沒說完，卻被楊永樂打斷了：「可是，你真的考慮好了嗎？銀光。」

他表情嚴肅地說：「萬一你看到的是自己孤獨的模樣，不就意味著你和奶油將來會分開嗎？那你們今天的婚禮不就白舉行了嗎？」

銀光抬起下巴說：「我已經想好了，如果真的看到我獨自一人，或者奶油在跟著我翻垃圾，那我會當著今天所有動物的面，宣布取消婚禮。喵。」

「你真的想好了？」我小聲問。

銀光使勁地點了點頭。

於是，我跑回媽媽的辦公室取來平板電腦，幾乎所有的野貓和動物們都擠到了我身邊。

「快點，快點。喵。」

我一邊「嗯嗯」地點頭，一邊輸入銀光給我的網址。一個驗證資訊的小視窗跳了出來。

「居然還需要口令？」我瞪大眼睛。

「龍大人萬歲！喵。」一旁的梨花說。

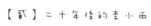

「什麼？」

「這就是口令。喵。」梨花有點不耐煩地說，「龍大人萬歲。」

哈哈，這真是龍的風格。

我一邊笑，一邊在視窗裡輸入「龍大人萬歲」，一個怪異的、黑色的網站出現在眼前。

「現在要幹嘛？」我問。

「應該是按照上面的要求輸入城市、姓名和農曆出生年、月、日。」楊永樂在旁邊回答。

我按照他說的，把這些資訊輸進去，突然，屏幕上散發出綠色的螢光。

「是人臉識別。」楊永樂提醒我。

銀光把臉湊過來，綠色的螢光在他臉上一掃而過。螢光消失後，網站上多了幾個選項：一年、兩年、三年、四年……二十年。

「選兩年吧！」銀光說。

我點點頭，對貓的壽命來說，兩年已經是很長的時間了。

點下選項後，平板電腦裡突然傳出「咔咔」的響聲，緊接著一個影片出現

在我們面前，胖了許多的銀光和奶油出現在畫面裡。他們顯然已經有了自己的領地和貓窩，正低頭吃著堆成小山的貓糧。剛才還憋住氣等待的野貓和動物們齊聲長舒了口氣。

鏡頭一轉，五六隻小貓出現在影片裡，從毛色看，他們無疑是銀光和奶油的孩子們。圍在我身邊的野貓們發出了熱烈的歡呼，紛紛祝福這幸福長久的婚姻。

「實在太感謝你們了！」銀光飽含著熱淚對我說。

「不客氣。」我由衷地說，「祝你和奶油新婚快樂！」

婚禮結束後，我和楊永樂在養心殿旁邊的食品店買了兩個霜淇淋。

「真不知道龍大人弄這麼一個網站是什麼意思？知道你未來住在哪兒，你的孩子長什麼樣子，還有比這更糟糕的嗎？這就好比在讀一本偵探小說前，先瀏覽了最後一章的結局。」楊永樂舔了一口巧克力口味的雪糕。

「也不能說完全沒用。」我說，「它說不定能避免一些不好的事情發生，比如你看到自己一年後生病了，就可以從現在開始好好鍛鍊身體……」

「但也許妳鍛鍊身體，一年後仍會生病。」楊永樂打斷我，他今天老是打斷我的話。

我把目光投向天空。楊永樂相信自己會成為這個世紀最偉大的薩滿巫師，所以每次他看到龍把古老的魔法和現代科技相結合，就會感覺不順眼。

不知什麼時候，兩隻小刺蝟停在了我們身邊。

「李小雨，我也想上道破天機網看看自己未來的樣子。」其中的胖刺蝟努力睜著小眼睛說。

我還沒說話，楊永樂就插嘴說：「刺蝟的壽命只有五年，難道你想看看自

己死後的樣子嗎？」

胖刺蝟被氣得鼓鼓的，「五年對你們人類來說是很短暫，但對我們刺蝟來說卻是一生。你這樣嘲笑我們，你，你，你……」

「沒錯，他太過分了。」我使勁地掐了一下楊永樂，他今天越來越不對勁了。「趕緊向刺蝟們道歉啊！」

「哎呦！」楊永樂捂住胳膊，哭喪著臉說，「對不起，我不該嘲笑你們。」

胖刺蝟仍然一臉的不高興。

我賠著笑臉說：「這樣吧！你們明天黃昏的時候來我媽媽的辦公室找我，我幫你們上網看看你們未來的樣子。」

「真的？」胖刺蝟咧開嘴笑了，「那就說定了。」

刺蝟們一走遠，我就轉頭問楊永樂：「你今天說話怎麼老是帶刺？」

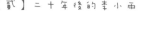

「還不是因為那個白癡網站。」他低下頭說，「我有預感，它會惹出大麻煩的。」

我拍拍他的肩膀，「別擔心，雖然龍總是闖禍，但不是還有斗牛嗎？如果有什麼麻煩，斗牛一定能解決。」

「希望如此。」他嘆了口氣。

「不過話說回來，你想不想看看你幾年後的樣子？」我問，「比如上了哪所中學，考上了哪所大學什麼的？」

「絕對不要！」他大聲說。

「你不好奇？」

「也不能這樣說。」他嘟囔著，「不過，我有點害怕看到未來的自己……」

「害怕？」我瞪大眼睛看著他，「為什麼？」

他吸了口氣說：「我怕我看到一個挺著啤酒肚的男人正在辦公室裡敲電腦。」

「這有什麼不好，至少說明你長大能找到工作。」我笑嘻嘻地說。

「可是我不想這樣！」他回答，「我不想成為那些以房子和汽車為榮的大人，我不想成為一個普通人。」

我點點頭，說：「如果你看到的是自己身上掛滿彩條，正在給別人跳大神，那樣你就高興了嗎？」

「薩滿巫師的乞神儀式不是妳說的那樣。」他反駁，「不過就算看到的是妳說的那個樣子，也比我變成一個普通人好。」

好吧！說實話，如果真能從道破天機網上看到那樣的楊永樂，我也會覺得很酷。

那我呢？二十年後，我會變成什麼樣？我開始有些擔心了，自己會不會變成一個擠在地鐵裡、眼神發直的女人呢？

回到媽媽的辦公室，我的眼睛一直盯在平板電腦上沒有離開。道破天機網的頁面還是打開的，但我卻一直在猶豫，如果長大後，我變成一個毫無創造力、無聊、無望的人怎麼辦？我不指望自己將來能為人類的知識寶庫添磚加瓦，但至少我應該是個相信魔法，相信外星人，並仍然能得到怪獸們信任的大人。

相信自己，我不會變成普通人的！我一邊給自己打著氣，一邊顫抖著手指，在城市那一欄裡輸入「北京」兩個字，就在我打算輸入姓名時，屋門「砰」地一下被撞開了，我做賊一樣地捂住平板電腦。

「出事了！」闖進來的是楊永樂。

「怎……怎麼了？」

楊永樂卻頓住了：「妳在幹嘛？」

「沒幹嘛……發生什麼事情了？」我把平板電腦藏到身後。

楊永樂衝了過來，一口氣地問：「妳不會在上那個破網站吧？妳都不知道那個破網站闖了多大的禍！妳認得寧壽宮花園裡的烏鴉胖頭吧？他因為看到自己一年後會死去而精神失常了，現在大鬧寧壽宮呢！」

我大吃一驚，「烏鴉的壽命不是將近二十年嗎？為什麼胖頭一年後就死了？」

「就是因為不知道自己為什麼會死，胖頭才會發瘋啊！」楊永樂生氣地說，「如果換成妳，妳明明知道自己一年後會死去，卻不知道該如何避免，是不是也會被折磨瘋了呢？」

我倒吸了一口冷氣，那樣的話的確很可怕。

當我和楊永樂跑到寧壽宮花園時，烏鴉胖頭正在啄碧螺亭的柱子。從遠處看，你很容易會把他當作一隻燒焦了羽毛的啄木鳥。一大群動物們圍在他周圍，怪獸斗牛和角端也站在他們之中。

「這是損壞文物，你們怎麼不阻止他？」楊永樂大聲問。

「沒人能阻止他，連他媽媽和妹妹都不行。」梨花回答說，「你要是不讓他啄這個柱子，他就會啄自己，要不就把上面的琉璃瓦一片片扔下來。」

「你難道不該想想辦法嗎？」我轉頭問斗牛，「這可是龍闖的禍！」

「關於精神疾病方面我真的不在行，我本來想噴點雨讓他冷靜一下，但是角端告訴我這沒用。」斗牛皺著眉頭說，「不過角端倒是出了個主意。」

「那還等什麼？」我問。

「因為需要一樣東西。」

「東西？」

「別著急，應該很快。」胖嘟嘟的角端安慰我，「我可是找了故宮裡最快的一位怪獸去取那件東西……」

果然，他的話音還沒落，一股白色的旋風就颳了過來：天馬叼著一個小木盒出現在我們面前。

「謝謝天馬，辛苦了。」角端接過木盒子。

「這是什麼？」我問。

「去年八月十五，嫦娥仙子送給龍大人的長生不老藥。」角端回答。

「真有那種東西？」我以為那只是民間傳說，「吃了它就能長生不老？」

角端壓低聲音在我耳邊說：「它的確叫長生不老藥，但是能不能真的讓人長生不老我也不知道，畢竟怪獸們根本不需要這種東西也能長生不老。」

「難道長生不老藥還有治療精神病的功能？」我更好奇了。

「別的精神病治不了，」角端實話實說，「但是，對於胖頭的病應該有效。」

說著，他舉起木盒大聲說：「胖頭！你下來，我有辦法讓你一年後不會死。」

這話真管用，啄柱子的烏鴉胖頭立刻停了下來，慢慢轉過頭，兩隻黑漆漆的小眼睛緊緊盯著角端手裡的木盒。但他並沒有從碧螺亭上飛下來。

「我沒有騙你。」角端接著說，「你從道破天機網上看到的不過是正常情況下的未來，但你別忘了，我們是神獸，如果我們插手，應該能改變你的未來。」

胖頭張開翅膀，從碧螺亭飛到角端旁邊的一根矮樹枝上，歪頭看著他。

「這個木盒裡是月兔製成的長生不老藥。只要吃了這顆藥，你不但一年後不會死，說不定一百年後都還活著。」角端把木盒打開，露出一顆金燦燦的小藥丸。

胖頭看著長生不老藥，一臉不敢相信的樣子：「這麼寶貴的藥真的要給我吃嗎？」

角端點點頭，「這是龍大人闖的禍，當然要他出面來解決。所以，你就放心吃吧！」

胖頭小心地叼起藥丸，閉上眼睛，滿臉感激地吞了下去。

「怎麼樣？」梨花問他。

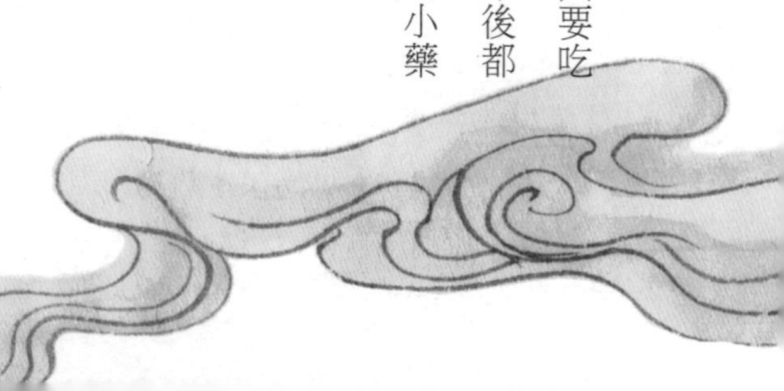

「啊！真是好藥，感覺身體一下子就熱了起來。」

「那可是玉兔搗了一年才製成的長生不老藥。」梨花說，「我真羨慕你，要不是犯了錯，龍大人那麼小氣的怪獸，才不會把這種寶貝拿出來送給別人。」

「這下你不用擔心了吧？」角端問。

「完全不擔心了，謝謝角端大人！」胖頭痛快地說。

跟著斗牛、角端一起走出寧壽宮的時候，楊永樂問斗牛：「龍有多少長生不老藥？」

斗牛想了想回答：「好像就這麼一顆。」

「那要是以後還有動物看到自己在未來死去，忍受不了發瘋怎麼辦？」

斗牛重重地嘆了口氣，說：「別擔心，龍大人已經同意今天晚上就關閉道破天機網。」

楊永樂點點頭，說：「最好這樣。」

我和他們告別，回到媽媽的辦公室。坐在椅子上，我深吸了一口氣，道破天機網的界面還掛在平板電腦上。想到也許幾分鐘後，它就會被關閉，我快速地輸入了姓名、農曆出生年月等資訊。人臉識別的綠光閃過後，我毫不猶豫地選中了「二十年後的自己」。

屏幕再次亮起來時，我發現正直視著自己的眼睛。未來的我有著中年人的體型，沒有發胖，頭髮卻變長了。變化最大的是臉，如果不是酒窩和鼻子，我幾乎快認不出我自己。不過，我的眼神仍然充滿好奇，就和今天一樣。

這時，未來的我拿出了一樣白色的東西。那是一張小卡片，我的字跡還是那麼難看，上面寫著：「妳還沒有變得無聊。」

她是寫給我的嗎？一定是的，我相信。二十年後的我一定不會忘記這次經歷，所以才準備了小小的禮物給現在的自己。

我還沒有變得無聊。

挺不錯的，我喜歡。

叁

白猿尋桃記

咚咚咚……

有誰敲響了媽媽辦公室的門。

「這麼晚了，有誰會來呢？」

我走向門口，屋門是鎖著的，但從門縫裡透進來一道細細的紅光。

「誰啊？」我大聲問。

一個奇怪的聲音說：「請問，李小雨住在這裡嗎？」

找我？是誰呢？

一邊這樣想，我一邊打開了門。

我吃了一驚，門口站著的居然是一隻白猴子，他提著紅色的燈籠，精神奕奕地看著我。

真少見，渾身雪白的猴子，在動物園裡也沒見過，連聽都沒聽說過……我

站在那裡直發愣。

「你……認識我？」

他搖搖頭，「不，我們並不認識，但梨花告訴我，可以找妳幫忙。」

原來是梨花的朋友，我把白猴子請進屋裡，然後又關上門。猴子「撲」地一聲，吹滅了燈籠裡的火。

「請坐。」我搬來一把椅子。

猴子不客氣地坐下來，皺著眉頭。

「你找我有什麼事嗎？」我問道。

猴子清了清嗓子說：「我是來找一樣東西的。」

「什麼東西？」

「桃子。」

「桃子？」我鬆了口氣，看他一本正經的樣子，還以為是丟了什麼重要的東西呢！「你是餓了吧？我媽媽今天沒買桃子，不過還有兩根香蕉，先拿給你吃吧！」

我轉身去拿香蕉，沒想到猴子卻生氣了，他大聲說：「我可不是一隻普通的猴子，我找的也不是普通的桃子！」

「不是普通的猴子？那你是……」我納悶了。

他一下子挺起了胸膛，「我是白猿，妳聽說過吧？」

我搖搖頭：「我還是第一次見到白色的猴子。」

「我都說了我不是普通的猴子，我可是修鍊了八百年才變成今天這樣的。」白猿盤著手，像人一樣。

「修鍊八百年的猴子就不吃香蕉了？」

「誰說的？我還是很喜歡香蕉的……」他突然跳了起來，「別打岔，這和香蕉沒關係。我要找的桃子，不是一般的桃子，而是王母娘娘種的蟠桃，吃下它的人可以活一萬八千歲！」

「蟠桃？真有那種東西？」我瞪大眼睛，那不是《西遊記》裡的故事嗎？王母娘娘的蟠桃園，裡面的桃子三千年才結一次果。每當蟠桃成熟，王母娘娘會召開蟠桃大會，宴請大家吃蟠桃，人吃了可以長生不老。

「當然有！」白猿認真地說，「那是顆特別漂亮的蟠桃，又大又飽滿，粉撲撲的，我抱了它將近三百年都捨不得吃，卻在昨天晚上弄丟了。」

我有點不相信，「再厲害的桃子，放三百年也爛掉了吧……」

「胡說，蟠桃是永遠不會爛的！」

「好吧，好吧！」我靠近白猿問，「說說看，蟠桃是怎麼弄丟的？」

「還不是因為養心殿特展。」他傷心地低下頭，說，「我在庫房裡待了幾十年，寂寞了這麼久，突然見到那麼多人和朋友，感覺特別興奮。本來只想去鸞鳥那裡串個門，結果一回來就發現蟠桃不見了。」

「被偷了？」我大吃一驚，故宮裡難道出小偷了？

「說不定是被哪個壞人吃掉了……」白猿沮喪地耷拉著腦袋。

「哎呀呀！」

這還真有可能，那可是蟠桃啊！連神仙們都愛吃，要是碰上個饞嘴的傢伙，可就真的找不回來了。

「我能幫你什麼忙呢？」

「我在倉庫裡待太久了，故宮裡的人啊、動物啊早都不認識了。聽那隻白貓說，妳能和故宮裡的怪獸、動物和人打交道，所以，能不能帶我去找他們打

聽一下，有沒有誰看見了我的蟠桃？」

「這倒不是什麼難事。」我點點頭，「不過要是蟠桃真的已經被吃掉了怎麼辦？」

白猿嘆了口氣，說：「那樣的話，哪怕能找到桃核也好。」

於是，我帶著白猿出發了。我們第一個找到的是楊永樂。

「蟠桃？」楊永樂挑起眉毛，「那東西好吃嗎？」

「當然好吃。」白猿緊緊盯著他，「是不是你偷吃了我的桃子？」

楊永樂納悶地看著他，「我為什麼要吃？」

「吃了可以活一萬八千歲呢！」

楊永樂苦笑說：「我舅舅說，我長大想要有房子住，就要還一輩子房屋貸款。我可不想還一萬八千年的房貸。那種東西，你送給我，我都不吃。」

白猿愣在那裡，「房屋貸款是什麼東西……」

我打斷他們，「好了，楊永樂，現在不是開玩笑的時候。你有沒有聽說誰拿了蟠桃？」

楊永樂往椅背上一靠，歪著腦袋思考了一會兒。

「蟠桃倒是沒聽說，不過我聽說今天早晨，有野貓在養心殿後院裡撿了個球。」

「球？什麼樣子的球？」我問。

「沒看清楚。」他搖著頭說，「我路過的時候，只看見幾隻小野貓正在院子裡踢球。」

「難道……」

我還沒說完，白猿已經衝出了失物招領處的大門，我趕緊跟著他跑了出

來。

「居然把我的蟠桃當球踢……」白猿氣得吱吱直叫。

夜幕下的養心殿後院，早已沒有了踢球玩耍的野貓們。只是那棵百年槐樹下，有一個白色的圓球靜靜地待在那裡。

白猿驚叫一聲，衝了過去。他小心翼翼地抱起那個白球，卻愣住了。

我走過去，他抬頭看著我，兩隻眼睛睜得超大。「這不是我的蟠桃，這就是一個球。」他的聲音小得像蚊子叫。

我藉著月光看過去，沒錯，那就是一個桃子那麼大、小孩子玩的白皮球。應該是哪個小遊客來看展覽時掉的。

「別灰心！我們再找找看！」

我摸摸白猿的頭，他沒有躲開。

這時，旁邊的矮樹叢突然「沙沙」作響。一隻胖胖的小刺蝟揉著眼睛鑽了出來。

「你們在找什麼？」

白猿警惕地看著他，「蟠桃，你有沒有吃掉我的蟠桃？」

小刺蝟看到他吃了一驚，「哇！一隻雪猴啊！」

「我不是雪猴，是白猿。」白猿往前走了一步，「你有沒有吃掉我的蟠桃？」

「蟠桃是什麼？」小刺蝟問。

「就是一種桃子。」我解釋。

「桃子啊！」小刺蝟舔了舔嘴唇，「御花園桃樹結的桃子很好吃的。」

「我就知道，我就知道！」白猿突然「哇哇」大哭起來，「我的蟠桃被吃

掉了。」

「等等！他並沒說吃掉你的桃子啊！」我一邊安慰白猿，一邊轉頭問小刺蝟，「你最近一次吃桃子是什麼時候？」

小刺蝟納悶地看著我說：「當然是桃子成熟的時候。」

我仔細想了一下，桃子通常是七月成熟，而現在已經是十一月。

「也就是說你已經很久沒吃到桃子了？」

小刺蝟點點頭，「是啊！那是一年中只有幾天能吃到的美食。一想起來就讓人流口水呢！」

我鬆了口氣，對白猿說：「你的桃子昨天才遺失的，肯定不是刺蝟吃掉的。」

白猿擦了眼淚，不哭了。

「原來你們在找桃子啊！」小刺蝟拉著長音說，「我昨天還真看見有人叼著一顆大桃子在養心殿裡走來走去，本來還想問問，他哪裡來的桃子……」

「是誰？」我著急地問。

「我也不認識。是個大塊頭，比牛還大，頭上不長角，胖胖的，耳朵和眼睛都很小，腿很粗壯，卻很短……」刺蝟努力比劃著那傢伙的樣子，我和白猿的眉頭卻越皺越緊，這是誰呢？

「他的皮毛是什麼顏色？」白猿問。

「大半夜的，什麼都是黑黑的，我怎麼可能看清顏色呢？」小刺蝟回答。

「叫聲呢？」我不甘心地問。

「他叼著桃子，要是張嘴叫，桃子不就掉了？」

這下我可為難了，那個大塊頭的傢伙到底是誰呢？是動物？還是怪獸？

「啊！」小刺蝟突然指著天空大叫，「就是他！」

我和白猿吃驚地抬頭看天空，難道那傢伙會飛？刺蝟沒說他長翅膀啊？

養心殿高高的屋頂上，有一個大大的黑影，他和刺蝟說的差不多，胖胖的，耳朵小小的。

「喂！你好！」我對著屋頂喊。

「吵死了，吵死了！你們真的很吵！」

那黑影轉過頭來，我吃了一驚，這不是一頭犀牛嗎？中國犀牛不是早在一百年前就滅絕了嗎？難道他是從動物園裡跑出來的？

白猿卻一眼就認出了他，「玉犀牛！原來是你偷吃了我的蟠

桃！」

「偷吃？」玉犀牛不高興地說，「我可沒偷吃什麼東西。」

說完，他「砰」地一聲從屋頂上跳了下來，震得石板地顫抖了好幾下。

「白猴子，你可別冤枉我。」他轉了一下胖胖的身體。

「我有證人。」白猿一下把小刺蝟推到前面，「這隻刺蝟看見你叼著我的蟠桃到處走。」

在龐大的犀牛面前，小刺蝟嚇得渾身發抖，一聲都不敢出。

玉犀牛瞥了一眼刺蝟，不在乎地說：「我昨天晚上是在養心殿撿了一顆桃子，不過我已經把它還給它的主人了。」

白猿生氣地問：「你還給誰了？」

「跟我來！」

玉犀牛扭著屁股走進養心殿，我們緊跟在他身後。

夜晚的養心殿，除了照在展品上的燈光外，一片黑暗。

玉犀牛帶領著我們走到一個正方形的玻璃櫃前，那裡面是一個桃子狀的食盒，旁邊的標籤上寫著「紅漆描金福壽紋攢盒」。紅色漆盒上雕刻著幾顆撒著金粉的紅色壽桃，這些壽桃中，一顆粉撲撲的桃子顯得格外顯眼。

「看！」玉犀牛得意地說，「我在那邊的玻璃櫃看到一顆壽桃掉在那裡，就幫忙拿過來了。」

白猿深吸了一口氣，問：「你不覺得這顆桃子的顏色和其他的有點不一樣嗎？」

「怎麼不一樣？都是黑色的啊！」玉犀牛回答。

黑色？我突然想起，自然課的老師講過，在犀牛的眼睛裡，世界只有黑、白兩種顏色。

白猿雙手捧起蟠桃，寶貝一樣抱到懷裡。「總算找到了，原以為只能找到桃核了呢！」

「原來這顆桃子是你掉的。」玉犀牛打了哈欠，「吵吵鬧鬧那麼半天，今天的月亮也賞不成了。再見吧！」

說完，他走到三希堂前，像穿過空氣一樣地穿過玻璃牆壁。一道耀眼的亮光閃過，他已經變成了手掌大小的碧玉犀牛，安安靜靜地站在窗臺上。

「我也要回去了。」白猿對我說，「感謝妳的幫助，改天我一定會奉上謝禮。」

「不用客氣……」

沒等我的話說完，白猿和他懷裡的蟠桃如影子般地消失在空氣中。幾乎同

時，不遠處的一個玻璃展臺裡散發出亮光。我輕輕走過去，那裡面靜靜地擺著一個深藍色的圓盒，上面一隻白猿的懷裡抱著一顆大大的蟠桃。旁邊金色的標籤上寫著「畫琺瑯白猿獻壽圖攢盒」。

我恍然大悟，原來，他們都是養心殿特展上的展示品啊！

從那天之後，我再也沒見到那隻白猿。

直到兩個星期後的一天，我都已經快忘記這件事的時候，卻在媽媽辦公室的門口發現一個陶土做的小罈子。罈子上有一張卡片，是印有故宮照片的便條紙，哪個紀念品商店都有售。上面寫著：「這是謝禮。——白猿」

是什麼呢？我打開蓋子，一股帶著水果香味的酒香飄了出來。

「是猿酒！」旁邊的楊永樂吃驚地說。

「猿酒？」

「也叫猴兒酒，很多的古書中都提到過，白猿特別善於用百花和水果釀美酒。看來是真的！」楊永樂回答。

「其實我也沒幫上什麼大忙，沒想到他還真的送謝禮來了。」我感嘆道。

肆

貔貅嚮往的世界

天氣真冷，白天下了場大雪。晚上，沒來得及掃起的雪都結了冰。

我走過長長的廊道，穿過養和殿、綏福殿、鳳光室、猗蘭館，一直到看到「失物招領處」紅色的小招牌才停下來。我回頭掃了一眼剛才走過的宮院，確認沒有人跟蹤，就打開門，溜進了失物招領處。

「妳怎麼這麼晚才來！」楊永樂埋怨道。他坐在一把破椅子上，面前的桌子上放著什麼東西，被一塊桌布蓋得嚴嚴實實的。

「是真的嗎？你今天留給我的紙條上說的那件事？」我著急地問。

「我什麼時候騙過妳？」儘管這裡只有我們兩個人，他還是壓低了聲音，「這絕對是難得一見的寶貝，在消失了五百年後卻又突然出現……」

「真有這種東西，怎麼會到你的手裡？」我問。

「一隻叫茶葉的老鼠送來的，他屬於東三所茶庫的老鼠家族。」楊永樂回答，「兩天前的晚上，這個東西突然掉在茶庫旁邊的枯井裡。老鼠家族正在那裡過冬，突然被嚇到，還好沒有老鼠受傷。老鼠們送來時說，如果有失主來這裡認領，一定要失主向他們道歉。」

「快給我看看！」我催促著。

「在這兒呢！」楊永樂小心翼翼地把面前的桌布掀開。

那下面蓋著的是一大塊瑪瑙石，扁扁的，有一本漫畫書那麼大，看不出有什麼奇怪的。

「就是這個？」我問。

「沒錯，就是它，遊仙枕！」楊永樂咧著嘴笑了，「我也是查了很多書，才確認是它。它最早是龜茲國送給炎帝的禮物。傳說炎帝枕著它睡覺，可以在夢裡遊遍世界上所有的地方。一千多年前，它曾經被北宋最有名的大偵探包拯收藏，包拯只要碰到解決不了的案件，就會枕著它在夢裡找到答案。五百年前，它被獻給明朝第一位皇帝朱元璋，被收藏進故宮。那之後就再也沒有它的消息了。」

「遊仙枕有什麼用？」我不太明白。

「它可以讓你的心靈在夢裡解放，幫助你去所嚮往的世界待一會兒。」楊永樂從椅子上挺直腰，充滿熱情地說，「我覺得它的原理非常像四維空間的原理。任何東西都有投影，我們的世界也是這樣，除了我們本身存在的世界，應

該還有三個方向的投影，有各種可能性的世界存在⋯⋯」

「行了！你說的我根本聽不懂。」我打斷他，什麼心靈解放，什麼四維空間，什麼投影⋯⋯楊永樂簡直可以進馬戲團表演了。

「我還沒說到最有意思的部分呢！」他的熱情一點都沒受到我的影響，接著說，「它還可以讓幾個人共用同一個人的夢境，雖然共用的人只是旁觀，就像個電影觀眾一樣，不能參與到夢境裡，但也是件很有意思的事情，不是嗎？」

聽他這麼說，我越來越懷疑了，世界上真有這種神奇的東西存在嗎？但是，我又提醒自己，在我的人生中，有一些別人認為絕不可能發生的事情都已經發生了，像遇到怪獸，像看到神仙，真想不到啊！因此，楊永樂說的那些奇蹟也許是真的。

「無論我嚮往什麼樣的世界，我都可以在夢裡夢到嗎？哪怕是邪惡的？」

我問。

「沒錯，哪怕是地獄，是殭屍的世界，妳都可以夢到。」楊永樂回答，「我已經親身體驗過了，妳要不要試試？」

「你夢到了什麼樣的世界？」

「我不告訴妳。」楊永樂愉快又堅定地說，「那個世界我只想一個人獨享。」

我吃驚地看著他，這一點都不符合他大嘴巴的性格。

「為什麼？」我有些不高興，難道他不當我是朋友了？

「因為那個世界除了我，其他人都不會感興趣。」他說，「怎麼樣，妳要不要試試看？」

我有點猶豫。我都不知道自己內心嚮往的世界是什麼樣子。做一個歐洲古

堡裡真正的公主？還是到外太空玩一圈？

「我要考慮一下……」

就在這時，我身後卻傳來一個聲音：「我要試一下。」

我嚇了一大跳，轉頭一看，就在我的身後，一個渾身冒著寒氣的怪獸正站在那裡。

這是誰？楊永樂的朋友嗎？但為什麼楊永樂看起來和我一樣的吃驚，顯然，他也不知道這個怪獸是什麼時候來到我們身後的。

「請問，您是……」

楊永樂上下打量著怪獸，他的頭有點像特大號的蟬，兩隻圓溜溜的眼睛十分突出。他有張鯨魚嘴般的大嘴巴，身體則像麒麟。最獨特的是，他渾身雪白，連眼珠都是白色的。

「我是貔貅。」怪獸回答。

「貔貅？」楊永樂搔著頭說，「您的樣子的確像是貔貅，但我從來沒聽說過有白色的貔貅存在。」

白貔貅微微一笑，說：「那現在你不但聽說了，還親眼看到了白色貔貅。」

「真驚人啊！」楊永樂讚嘆，「你應該和動物界的白虎一樣，屬於基因變異，對不對？」

「和那個多少有些不同。」白貔貅說，「不過現在我不想解釋什麼。」

一聽他這麼說，楊永樂更有興趣了，還想追問下去，但我攔住了他。

「您丟了什麼東西嗎？」我問白貔貅。

他搖搖頭：「我沒有丟東西，不過我的確是來找東西的。聽說，遊仙枕被送到了這裡……」

「消息傳得這麼快嗎？」楊永樂咧開嘴，笑著說，「沒錯，它就在您的面前。」

白貔貅低下頭，鼻子都要貼在瑪瑙枕頭上了。他仔細看了好一會兒，才問：「就是它嗎？」

「就是它！」楊永樂回答，「我查了好多書，準沒錯。」

「太好了，太好了。」

白貔貅十分激動，點了好幾次頭。

「能讓我試試嗎？」他發出了孩子一樣的聲音。

「可以啊！」楊永樂高興地說，「我正想找位怪獸來試試看。」但他突然想起來了什麼，於是說，「不過，我有一個條件。」

「什麼條件？」

「讓我們共用你的夢。」楊永樂說，「我們不會進入你的夢境，只會做個觀眾，而且我們可以向你保證，絕不把你的夢境告訴任何人。」

白貔貅猶豫了幾秒鐘，說：「好吧！只要你們保密，我願意讓你們看看我嚮往的世界。」

「太棒了！」我激動得叫出了聲，能親眼看到一個怪獸嚮往的世界，這比看什麼電影都要有意思。

「我很期待。」楊永樂和我一樣興奮，「讓我猜猜看，你是不是想回到四千多年前的阪泉之戰，那時候你可是黃帝的大將，怪獸們的首領，勇猛無比，聽說那場戰爭的場面……」

「不，我對戰爭沒什麼興趣。」白貔貅打斷他。

「那周武王的時代怎麼樣？你被封官，還被奉為……」

沒等他說完，白貔貅又搖了搖頭。

「那我知道了！」楊永樂自以為是地搖晃著一根手指，說，「你肯定想回到天宮，你是招財神獸，肯定風光無限。」

「不，你又猜錯了。」白貔貅的眼睛緊緊盯著桌子上的遊仙枕：「現在我可以開始了嗎？」

「當然！」楊永樂把遊仙枕輕輕放到地上，「我們恨不得現在就去看看你嚮往的那個世界了。對吧？小雨。」他用手肘碰了碰我。

我趕緊點頭。我猜想，那個世界一定是個從未見過的、精彩絕倫的世界。

白貔貅微微一笑說：「希望那個世界不會讓你們失望。」

說完，他巨大的身體橫躺在地板上，小心翼翼地把頭放在遊仙枕上，還很細心地為我們留出了空間。我趴到他旁邊，學著楊永樂的樣子抓住枕頭的一角，閉上雙眼。白貔貅像冰塊一樣冰冷，我很好奇，是所有貔貅的體溫都這麼低，還是只有白貔貅的體溫才這麼低。但很快，我就不再想這個問題了，因為更有趣的場景抓住了我。

白貔貅開始做夢了。我的眼前出現了一片寬闊的平原，天空特別耀眼，就像是擦亮了的藍玻璃，草原上到處是晚霞顏色的花朵，遠處可以看到高高的雪山。

我屏住呼吸，這是什麼地方？遠古的戰場？還是神仙們的天國？

這時候，白貔貅出現在了草原上，他遙望著遠方，像是在等待著什麼。是在等其他的怪獸嗎？還是在等仙人？或是在等什麼我連想都想不出來的東西？這麼一想，我的心怦怦直跳。

白貔貅似乎看到了什麼，他奔跑起來。漸漸地，我們看到一汪藍透了的湖

水，湖水旁邊站著一個漂亮的灰色貔貅，除了顏色，她和白貔貅幾乎一模一樣。還有些不同的是，她的身上還背著兩個頑皮的小貔貅，我立刻明白了，她是雌獸。

我這時才想起，怪獸貔貅是分雌雄的，雄獸被稱為貔，雌獸被稱為貅。貔喜歡站在高處眺望遠方，脾氣差，愛打架，但很正直，碰到壞人、壞事絕不放過。而貅喜歡馱上自己的孩子們到處旅遊，還善於招財。他們是典型的嚴父慈母。

看來白貔貅是來找自己的伴侶和孩子們了。他們是不是要一起歷險呢？我提起了精神。

然而，他們哪兒也沒去，就靜靜地待在水邊。白貔貅陪著他的孩子們玩鬧嬉戲，一直到月亮升起。平原上吹著徐徐的風，草叢中的蟲子們唱著好聽的歌。

白貔貅和灰貔貅依靠在一起，面向著又黃又大的月亮。

沒有刺激的征戰，沒有金碧輝煌的天宮，沒有萬人敬仰的叩拜……只有這一家四口，像最平凡的動物家庭一樣，溫馨地倚在一起。

夢就這樣結束了。

「喂？」楊永樂問，「你還好嗎？」

「很好，我很好。」白貔貅回答，他從地上站起來，擦了擦眼角流下的眼淚。

「也許，遊仙枕並沒有那麼靈，沒能讓你到達嚮往的世界……」楊永樂說。

「不，那就是我嚮往的世界。」白貔貅回答。

「你是說，那片草原？」楊永樂有點不敢相信。

「是的，那是很多、很多年前的草原了，那是我成為神獸之前的世界。」

他回答。

「原來是這樣。」

「謝謝你們。」白貔貅準備告別了，「沒想到在我短暫的生命裡還能見到我嚮往的世界，真是太幸運了。」

「短暫？」我眨眨眼睛，說，「如果你們神獸的生命還算短暫，那我們人類的生命只能算一瞬間。」

「你說的是故宮裡其他神獸，我不一樣。」白貔貅說。

「怎麼不一樣？我不太明白。」

「等到太陽升起來後，我就會越變越小，最終消失。」他解釋，「當然，在這屋子裡待再久一些，我也許都等不到明天的太陽，這裡太熱了！」

我更糊塗了，問：「你住在哪裡？」

「珍寶館。」他邊說邊走出了門，「再見！真的非常感謝！」

說完，他就消失在了夜色裡。

「你聽說過珍寶館有貔貅嗎？」我問楊永樂。

他想了好一會兒才搖搖頭說：「從來沒有。」

「但白貔貅說他住在那兒。」

「也許是新來的展品。」

楊永樂小心地把遊仙枕放到裡面的貨架上，和其他遺失的物品擺在一起。

「明天，我要去珍寶館看看到底怎麼回事。」白貔貅的話讓我有些不安。

第二天，天氣好得出奇。暖融融的陽光舔著地面，被凍僵的積雪化成了一條條小溪。

我一大早就帶著貓糧跑到珍寶館。野貓們圍了過來，我手裡的貓糧瞬間被

搶光了。吃飽了的野貓們不再理我，一個個跑掉了，我好不容易才攔住了其中的一隻。

「珍寶館新來的貔貅展示品擺在哪兒啊？」我拉住大黃的尾巴問。

他不情願地回過頭說：「沒聽說有新展品啊？喵。」

「不對，白貔貅說，他就住在這裡。」

「白貔貅？喵。」大黃甩掉我手裡的尾巴，懶懶地說，「妳說的是那個吧？」

我朝著他指的方向望過去，那是一個正在融化的雪堆。

「昨天珍寶館的管理員們堆了一個雪貔貅，堆得超好，像真的一樣。不過今天太陽一出來就融化了。」大黃說，「妳想要看的話，只能再等一場雪了。喵。」

伍

神鼎

我是看到夜空中劃過的那道奇怪的亮光，但當時我實在太睏了，只想著睡覺，對其他事沒什麼興趣。哪怕有個外星人站在我面前，我都會直接轉過身去，先睡上一覺再說。所以，雖然覺得那亮光不太像流星或者飛機之類的東西，但是我還是躺在媽媽辦公室裡的小床上動都沒動，沒一會兒就睡著了。

刺眼的陽光把我叫醒前，楊永樂已經「哐哐哐」地敲門了。星期六，他很少這麼早起床。

「出什麼事了？」我揉著眼睛開了門。

「妳昨晚看到亮光了嗎？」他裹著厚厚的羽絨衣，下面穿著睡褲和拖鞋，眼角的眼屎都沒弄乾淨。

「亮……光？」我往窗外看了一眼，是個大晴天。前兩天下的雪被陽光曬到融化了，到處都濕漉漉地滴著水。亮光？對了！夜空中閃過的亮光。

「我好像看到了。」我點點頭說，「當時還覺得有點奇怪，那麼亮的光應該不是流星。」

「那道亮光好像落在御花園裡了，要不要去看看？」楊永樂提議。

我聽著窗外「呼呼」的冷風說：「這種天氣還是更適合趴在暖氣旁邊喝碗熱芝麻糊。」

「萬一是外星人呢？」他提高了嗓門。

楊永樂對未知生物、外星人之類的東西一直富有熱情。這也是他立志成為一名偉大薩滿巫師的主要原因，他相信成為真正的薩滿巫師後，他就會和各式各樣的未知生物、怪獸打交道。他的書包裡裝滿了和外星人有關的科幻雜誌，他最寶貝的東西，不是失物招領處夜間營業時的那些古代神器，而是一塊他自己從淘寶網上買來的、小得不能再小的黑石頭。他說，那是太空隕石。

「妳到底去不去？」楊永樂問。

「我寧可留在屋子裡。」我鑽回到被窩裡。

「妳一點不感興趣那是什麼嗎？也許我們的發現會讓我們一舉成名。」他越說越興奮。

我搖搖頭說：「要是真有外星人來，最早發現他的一定是御花園裡的清潔阿姨。」

「要是外星人躲起來了呢？」他不甘心地說，「和我一起去看看吧！就看一眼，沒東西我們再回來喝芝麻糊。」

我嘆了口氣，如果我今天不和他去，不知道以後他要抱怨多久。

「好吧！」我同意了，「不過只看一眼。」

「我保證只看一眼！」楊永樂就差沒跳起來了。

我穿上大衣跟在他後面出了門。天氣比我想像的還要冷，耀眼的陽光並沒有帶來多少溫暖。

我們頂著寒風，一路跑到御花園。冬天的御花園裡，光禿禿的樹枝被雪壓得「吱吱」作響，看不出有什麼奇怪的地方。

「我們回去喝熱芝麻糊吧！」我拉了拉楊永樂的袖子。

他沒動，指著天一門的方向說：「看！那是什麼？」

我朝他指的方向望去，是甬道上的大鼎爐，散發出一道金屬亮光。

我走過去，摸了摸那個鼎爐，問：「你說這個？這不是鼎爐嗎？一直放在這裡啊！有什麼奇怪的？」

「它剛才亮了一下。」

「是陽光的反光吧！」我不在意地說。

在故宮裡，鼎爐是很常見的擺設，僅僅太和殿前就擺著十八座銅鼎爐。在乾清宮前面，樂壽堂前面，頤和軒前面，你都能看到它們的身影。如果說御花園裡這個鼎爐有什麼不同，那就是它比其他的鼎爐都要大。其他的鼎爐大約高兩公尺，而這個鼎爐聽說有四公尺高。

「不像是反光。」楊永樂仔細看著眼前的大鼎爐，它的圓形爐肚上蓋著亭子般的爐頂，下面三個喜好煙火的大怪獸狻猊就是它的鼎足，中間開著六個被叫做「火焰門」的小窗戶。

「妳不覺得這個鼎爐今天有點不一樣嗎？」楊永樂問。

「我不覺得它和平時有什麼不一樣。」我聳了聳肩，說，「我的肚子餓得咕咕叫，我們去吃早餐吧？」

「妳看！那扇火焰門好像曾經被打開過。」

「幾百年前肯定被打開過，而且裡面還裝過各種松香、香料，那時候它就是個大香爐。」我不用心地說。

「不，是剛剛被打開過的樣子。」楊永樂摸了摸那扇門，說，「它比別的門都乾淨。」

「鳥做的事吧？也許麻雀已經在香爐裡築窩了。又擋風，又擋雪，是個好地方。」我說，「我要回去吃芝麻糊了，你到底來不來？」

「等等，我想打開門看看。」他爬上雕刻著蓮花瓣的鼎爐底座，伸手去夠火焰門。

我猶豫地站在旁邊看著他，「你真的要這麼做？小心點，那可是文物，被人看見了你肯定要挨罵。」

火焰門比想像的堅固，楊永樂費了好大力氣才打開。鼎爐的肚子裡發出微

弱的光芒，我不安地往後退了兩步。楊永樂卻更賣力了，他又想辦法往上爬了一點，踩住一個結實的落腳點，就伸手向鼎爐裡面掏去。

我睜大眼睛，看著他的手臂伸進那光亮裡摸索了一會兒。突然，他臉色一變。

「啊！」

「怎麼了？」我被嚇了一大跳，「被什麼東西咬住了嗎？」

他大叫：「有東西！有好玩的東西！」

「什麼東西？」

他把手從鼎爐肚子裡掏出來，伸到我面前。他手裡抓著的是一隻金黃色的青蛙，頭上還長著一個肉肉的角，腦門上是紅色文字般的花紋。

「咕咕！」

那隻動物叫了一聲，有點像癩蛤蟆的叫聲。

我一定是沒睡醒。我使勁地揉了揉眼睛，然後再看了那個生物一眼，怎麼看怎麼覺得他不像是地球生物。

「這是什麼？」

「也許是外星人。」楊永樂把他緊緊握在手裡，他的膽子真大。

「不可能，如果是外星人，這附近就應該有太空船。」

我圍著鼎爐轉了一圈，又抬頭往附近的樹上望了一遍，什麼奇怪的東西都沒有。

「也許是因為地球污染而變異的物種。」我猜測，「就像電影裡的那些怪物一樣。」

「反正我在任何一本書裡都沒見過長角的蟾蜍。我們用什麼東西裝他呢？」

「裝他？」

「對啊！我不能老這麼拿著他，雖然他挺乖的。我們必須找一個籠子，然後弄清楚他吃什麼。」

我瞪大了眼睛，說：「聽著，我覺得我們還是把他放回原地較好。他說不定有毒，也說不定會傷人。」我深吸了一口氣說，「你不覺得這件事很奇怪嗎？他並不屬於人類世界。」

楊永樂咧嘴笑了：「他要是會傷人的話，早就咬我了。就是因為他不屬於人類世界，我們才應該把他獻給研究機構，比如NASA（美國國家航空暨太空總署）。也許我們會被記錄到人類歷史裡，『第一個在地球發現外星生物的人』，多棒！」

「但是……」

「就算妳不同意，我們也可以先把他放到籠子裡再討論。」楊永樂說，「我記得看門的楊爺爺那裡有空的鳥籠，妳快幫我拿來。」

我嘆了口氣，但還是照他說的去做了。

等太陽升到半空中的時候，我和楊永樂蹲在失物招領處裡，四隻眼睛緊緊盯著鳥籠裡這個奇怪的小東西。他懶懶地趴在那裡，動都不動，讓人覺得籠子完全是多餘的。

「他身上好像有些什麼味道。」我說。

「哪有？我沒聞到，是妳心裡作用吧！」

「他身上要是攜帶什麼病菌怎麼辦？」我擔心地問，「我們還是把他放回去吧！」

楊永樂沒理我，他把幾隻甲蟲和生肉絲往那生物前面推了推。

「他怎麼什麼都不吃？」他有點擔心。

「他雖然長得像蟾蜍，但也許並不喜歡吃蟾蜍吃的東西。」

就在剛剛，我和楊永樂花了好大的力氣，才在失物招領處的木窗子上找到幾隻靠暖氣活著的小甲蟲。這麼冷的天氣，要抓蟲子簡直比登天還難。

「我們趕緊把他送回鼎爐裡吧！」我嘆了口氣。

「耐心點，李小雨。我已經給國家博物館和 NASA 發郵件了，他們也許很快就會聯繫我們，到時候我們就成名人了，說不定還能上電視呢！」

「我從來沒想過……」

「想想看，也許他們會用我們的名字為這個未知生物命名！就像用天文學家的名字命名那些新發現的小行星一樣。」

「他也許並不是什麼外星生物，說不定就是地球污染的結果……」

「那也是新物種，一種從未被發現的新物種！」楊永樂越說越興奮。

我卻一點都高興不起來，「你先弄清楚怎麼養他再說吧！你看他無精打采的樣子，不知道是不是生病了。」

「嗯！妳說得對，我去給他弄點水。」

楊永樂跳起來，跑去接水。我只能無奈地搖搖頭。

一直到天黑，那個奇怪的生物都沒有吃一口東西，也沒有喝一口水。楊永樂有點著急了。

「我們要想想辦法。」他不停地在籠子旁邊踱著步。

我建議：「要不，我們再去那個鼎爐裡面看看，是不是還有什麼東西。說不定是自己帶著食物來的。」

「好主意。」

我們回到御花園，月色下，鼎爐裡仍然散發著微弱的光。

楊永樂剛要打開火焰門，那扇小門自己卻開了。一個人頭伸了出來，我和楊永樂幾乎同時尖叫起來。

「啊……」

楊永樂跌倒在鼎爐下面，手腳並用地往後爬了好遠。

「嗨！你們好！」

那個人一邊和我們打招呼，一邊費勁地從火焰門裡擠了出來。明亮的月光下，我們發現他並不是人類，他有近三公尺高，長著人的頭，馬的身體，渾身上下都是老虎的斑紋，背上還有一對碩大的翅膀。

「你……是誰？」楊永樂趴在地上問。

「我嗎？」怪獸拍拍身上的香灰說，「我的名字叫英招，天帝花園的管理者。」

「這麼說，您是神仙？」楊永樂的態度立刻變得恭敬起來。

「神仙、神獸、天神……哪種稱謂都可以。」英招說，「不過請原諒我不能跟你解釋什麼，我現在有任務在身。」

說著，他轉身就準備離開。

「請等一下。」我說，「您能告訴我們您有什麼任務嗎？也許我們能幫您。」

「這個……」英招猶豫地看看周圍，點了點頭說，「好吧！誰叫我對故宮不太熟悉呢！有你們幫忙也許能更快些。」

他移動馬腿，重新轉過來面對我們。

「大約半個時辰以前，天帝花園裡的一個神獸不見了。他最後的蹤跡是在一座神鼎旁邊，我懷疑他進入了神鼎。你們知道大多數神鼎都具有判斷吉凶、咫尺天涯的法力……」

「您說的咫尺天涯是什麼意思？」楊永樂問。

「嗯……用你們人類現在的科學術語來說就是空間位移，或者物質輸送。」英招解釋，「比如，天帝花園是在崑崙山附近，距離故宮大概有三千公里左右，哪怕是我飛也要飛一個時辰，但是用神鼎的話，幾秒鐘它就可以把我從天帝花園送到故宮。」

「哇！」我讚嘆，「聽起來就像哆啦Ａ夢的任意門。」

「哆啦Ａ夢是誰？」英招問。

「只是一個動畫影片裡的角色，這不重要。」楊永樂懇請道，「請您繼續說下去。」

「好吧！天帝花園的神鼎與很多的神鼎之間都有通道，每兩個時辰，它就會開通一條新的通道。我不能確定那個神獸透過神鼎去了哪裡，唯一的辦法就是自己進入相同的神鼎，跟蹤過來。」

「您的意思是說，我們眼前這座鼎爐是一座神鼎？」我問。

「你們不知道嗎？」英招露出後悔的表情，說，「也許我不該把這件事透露給人類……」

「我們會保密的！我保證！」楊永樂趕緊說，「您說的那隻神獸是不是長

得有點像蟾蜍？金黃色的，頭上還有一根肉角？」

「沒錯！萬歲蟾蜍就是這個樣子，你們碰到他了？」

「是的，我們捉到一隻。不過不是半個時辰以前，而是今天早晨的時候。」楊永樂回答，「我還以為是外星生物……」

「謝天謝地！天帝花園裡的半個時辰差不多相當於這裡的十二個小時。」英招鬆了一口氣，說，「這下子我麻煩少多了。那傢伙淘氣得很，天帝花園裡的神獸就他想法多，總是給我找麻煩。現在好了，我總算沒白來一趟，他在哪兒？」

「我想我們還是把他帶到這裡好，您這個樣子不太方便在故宮裡到處蹓躂。」我說。

「妳想得真周到。」英招感激地說，「那就辛苦你們把他帶到這裡吧！我

得趕緊把他帶回天帝花園，要是被西王母發現了這件事，我的差事就沒了。」

楊永樂有點不放心地看著他說：「要是有人過來……」

「你們放心吧！我可是天神。」英招純真地笑了，「我的隱身術相當不錯，崑崙山裡沒人能比得上我，絕對不會讓這裡的人類發現我的。」

我和楊永樂用最快的速度跑回失物招領處。一切還算順利，那個被叫做萬歲蟾蜍的神獸還懶洋洋地趴在鳥籠裡，沒被人發現。我們把鳥籠拿到英招面前。

看著萬歲蟾蜍被關在籠子裡，英招居然哈哈大笑起來，笑得眼淚都流出來了。

「我還沒……沒見過有誰敢把他關進籠子裡！」他喘著粗氣說，「看這傢伙的樣子！哈哈。」

「對不起，我們不知道他是神獸……」

楊永樂伸手準備打開籠門，把萬歲蟾蜍放出來，但卻被英招攔住了。

「先別把他放出來。誰知道他又會捅出什麼妻子。」英招一把按住籠門說，「如果你們不介意的話，能不能把這個籠子借我，我打算就這樣把他帶回天帝花園。」

我和楊永樂互相看了一眼，說：「這個籠子可以送給你。」

「你們真是太大方了。」英招高興地說。

可是，籠子裡的萬歲蟾蜍卻生氣了。他憤怒地在籠子裡跳來跳去，頭上的角撞到籠子上發出「叮噹」的聲音。

「真奇怪，他來這裡後一直很安靜，我們都以為他病了……」我有點擔心。

「把他交給我對付吧！」英招提起籠子，說，「非常感謝你們的幫助！如果有時間歡迎來天帝花園遊覽，我很榮幸做你們的嚮導。」

說完，他先把籠子扔進鼎爐裡，緊接著，自己也再擠了進去。我們能聽到鼎爐肚子裡「叮叮咣咣」的聲音。

一陣金色的光閃過，鼎爐裡安靜了下來。御花園裡，一切都恢復成了冬天應有的樣子。

陸
南極老人的耶誕節

快到耶誕節的時候，街道上掛起了星星般的彩燈，商場裡放著「叮叮噹……」的歌曲，廣場的空地上豎起了巨大的聖誕樹。冬天裡少見的鮮花也擺了出來，到處都貼著聖誕老人的畫像。

甚至有人扮成聖誕老人的樣子，在大街上散發廣告傳單和糖果。他們都貼著白色的長鬍子，穿著紅色的棉襖，戴著高高的帽子，手裡拿著裝糖果的大布袋。只要看見年齡不大的孩子就會走過去塞上一把糖果，再把一張廣告單遞給身邊的爸爸或媽媽。每次碰到這種聖誕老人，我都會乖乖接過糖果，說一聲「謝謝」，但絕不會停下腳步去問問聖誕精靈的樣子。因為我知道，他們都是一些大人裝扮的，不是真正的聖誕老人。真正的聖誕老人要在平安夜時才會出現，給孩子們送禮物。

我聽說過很多關於聖誕老人的故事。比如，他住在北極的聖誕老人村，那

裡有很多聖誕精靈幫他製作孩子們的禮物，他還有九隻可愛的馴鹿，會拉著雪橇帶他去送聖誕禮物……

每年耶誕節的早晨，我都會在床頭發現聖誕老人留下的禮物。但是，我卻從沒見過真正的聖誕老人。我也曾經嘗試不睡覺，等著他來，親眼看看他的馴鹿們。可是每次我都被瞌睡蟲打敗了。

聖誕老人到底長什麼樣子呢？有沒有人見過真正的聖誕老人呢？

我背著書包走過箭亭後的樹林，發現小狐狸正在自己家的樹洞門口掛松樹枝做的聖誕花環。

「狐狸也過耶誕節啊？」我有點意外。

「嗯，嗯！」小狐狸使勁地點點頭說，「過耶誕節才會有聖誕禮物啊！」

路過御茶膳房，我看到老鼠洞門口掛了一隻大襪子；御花園裡，一隻戴著紅色聖誕帽的松鼠爬上了古柏樹；半空中飛過的鴿子們，哼唱著聖誕歌曲；野貓們撿來松枝，在珍寶館做了一棵聖誕樹……

看來大家都聽說過聖誕老人的故事呢！但是，我問了一圈，也沒有誰見過真正的聖誕老人。

「今天晚上，大家要不要一起等聖誕老人呢？」我提議。

一隻小老鼠說：「可是，聖誕老人並不是每年都來給我送禮物。」

他這麼一說，很多小動物都點點頭。

「這沒關係，聖誕老人每年都會準時給我送禮物。」我自信地說，「天黑以後你們都到我媽媽辦公室的院子裡藏起來，我在床上裝睡。如果聖誕老人來到院子裡，或者房頂上，看到的人就大叫一聲，給其他人傳信號，怎麼樣？」

「這樣就能抓住聖誕老人？」一隻小刺蝟瞪大了眼睛。

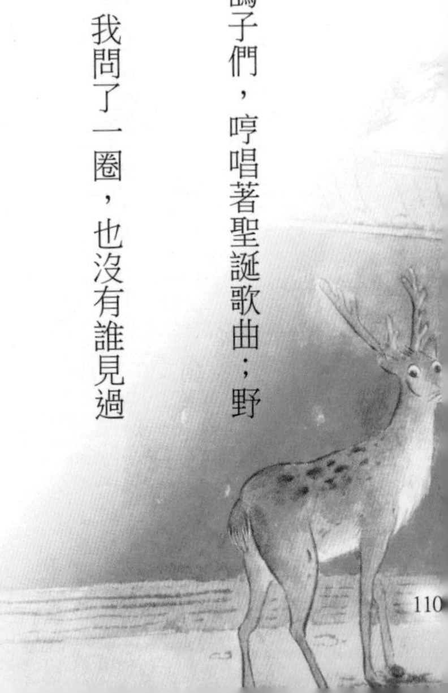

我點點頭說：「要是我們跑得夠快的話。」

「那我就可以親口和聖誕老人要禮物了！」一隻小野貓高興得跳了起來。

「聖誕禮物！聖誕禮物！」

小動物們一邊興奮得大叫著，一邊亂蹦亂跳。

於是，天還沒黑，我就開始為上床裝睡做準備了。

洗臉、刷牙、換上睡衣，卻在睡衣裡穿著保暖內衣和毛衣，腳上套了兩雙厚襪子，這樣如果沒來得及穿外套和靴子就跑出去，也不至於著涼。帽子和大衣就放在枕頭邊，還有手電筒。

「這麼早就要睡覺了？」媽媽低頭看了看手錶上的時間。

「嗯。」我一下子就鑽進被窩，「我想讓聖誕老人早點來。」

「是這樣啊！」媽媽笑了，她披上大衣向外走去，「今天晚上我要加班，

就不打擾妳和聖誕老人的約會了。」

「哐」的一聲門響之後，漸漸暗下來的屋子裡只剩下我一個人。但我一點都不寂寞，因為只要趴到玻璃窗上，我就可以看見院子裡，屁股還沒有藏好的小刺蝟；一棵渾身震動的矮樹叢裡，無數隻小老鼠正在擠來擠去；怎麼也管不住嘴的小麻雀們，「嘰嘰喳喳」地站在樹梢上；房頂上「咚咚」的響聲也提醒我，小黃鼠狼們正在上面追鴿子。

真是個熱鬧的平安夜！

我掀開被子長呼了一口氣，睡衣裡面穿太多了，蓋上被

子簡直像蒸三溫暖。就在這時，我似乎感到身旁有人，驚訝中一揚臉，旁邊站著的正是一個白鬍子老人！

他個子很矮，頭卻很大，有一個又大又圓的腦門，沒有戴帽子，身上穿著寬大的中式紅色長袍，手裡拄著一根彎彎曲曲的枴杖。從外表來看，他和故事裡的聖誕老人不太一樣，難道聖誕老人到中國後就穿中國古代的衣服了？

老人在原地轉了個圈，看到我露出了吃驚的表情：「請問……」

「啊……」

他一開口我就尖叫起來，並不是故意給院子裡的小動物發暗號，而是我太吃驚了，聖誕老人居然會說漢語！

一瞬間，小野貓、小刺蝟、小黃鼠狼、小老鼠、小狐狸們都從門外闖了進來，窗戶也被小麻雀、小鴿子、小烏鴉和小喜鵲們撞開了。

一群小動物們把老人圍在中間，充滿希望地看著他。

「這……」老人被嚇了一大跳，手裡的枴杖差點掉了，「出什麼事了嗎？」

「聖誕老人！您這麼早就來了？」一隻黃色小野貓撲了過去，抱住老人的腿。「禮物呢？」

「聖誕老人是誰啊？」老人用慈祥的眼睛看著他。

「您啊！」小麻雀們嘰嘰喳喳地說，「您不就是聖誕老人嗎？」

老人笑了：「孩子們，你們認錯人了，我不叫聖誕老人，我叫南極老人。」

「不對，不對！」小狐狸說話了，「是您弄錯了，您住的地方是北極，不是南極！」

老人一下糊塗了。

「我不住在南極，也不住在北極，我住在崑崙山蓮花洞。」他嘴裡嘟囔著，

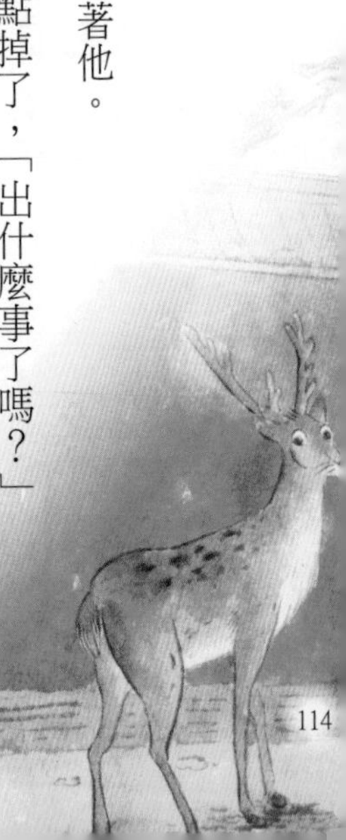

「我只是名字叫南極老人，因為我是南極星的化身……」

還沒等他說完，一隻白色的小野貓從屋外闖了進來，興奮地大叫道：

「鹿！聖誕老人的鹿在院子裡！」

所有的小動物都向門外湧去，我跨過三隻小野貓，躲過一隻小刺蝟，在被一隻小鴿子撞了一下頭後，終於擠出了門。

真的有一隻鹿站在銀色的月光下，優雅地看著我們。他目光清澈，頭上的鹿角精緻得如藝術品，身上點著梅花花瓣般的花紋。

好漂亮的一隻梅花鹿！我在心中讚嘆。等等！我皺起了眉頭，聖誕老人的鹿難道不是麋鹿嗎？

「怎麼只有一隻？另外八隻呢？」一隻額頭上有黑點的小白貓找了一圈，發現院子裡只有這一隻鹿。

「雪橇也不見了！」一隻小烏鴉說。

「你們真笨，院子這麼小，要是九隻鹿和雪橇全進來，就被擠爆了！」一隻小喜鵲大聲說。

小白貓做出恍然大悟的樣子，「原來是選了一隻做代表啊！」

圍著梅花鹿看了好半天，大家滿足地回到屋子裡。

「您還說自己不是聖誕老人，連鹿都帶來了！」一隻小黃鼠狼湊到老人身邊。

「你說那隻鹿，那是我的坐騎……」南極老人回答。

「我們知道！」小老鼠們齊聲說，「您就是坐著九隻鹿拉的雪橇給孩子們發禮物的。」

「九隻？」南極老人一愣，「我只有一隻啊！」

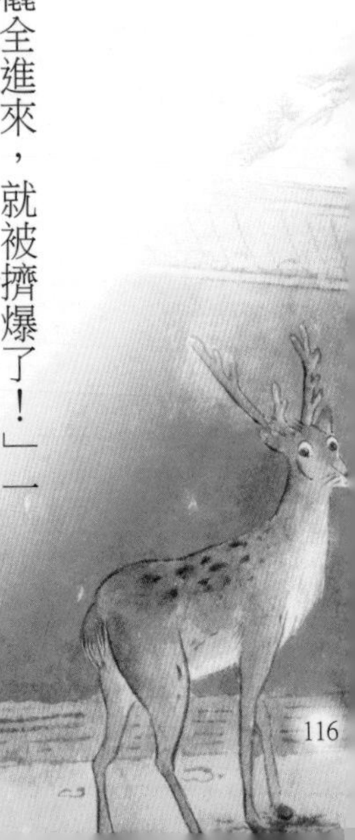

「您別逗我們玩了，趕緊把禮物拿出來吧！」小野貓們等不及了。

倒是我，越來越覺得這件事有點不對勁。

「禮物！禮物！禮物……」屋子裡的小動物們齊聲呼喊起來，每隻動物的眼睛裡都閃著光。

南極老人羞紅了臉說：「這次出來得匆忙，還真的沒帶什麼像樣的禮物……」

這句話一說出來，屋子裡一下子安靜下來。過了好一會兒，才聽到一個小小的聲音說：「聖誕老人居然忘了帶禮物給我們……」

緊接著，那個聲音就抽抽搭搭地哭了起

來。這下可好，那哭聲彷彿會傳染似的，屋子裡的小動物們接二連三地哭了起來，越哭越傷心，沒一會兒，屋子裡的哭聲就變成了大合唱。

南極老人這下慌了神，「孩子們，別哭，別哭啊……」

他手忙腳亂地哄哄這個，又哄哄那個，簡直不知道該怎麼辦了。可是，小動物們的哭聲越來越大。

最後，南極老人使勁甩了甩袖子，嘆了口氣說：「大家聽我說，都不要哭了，再哭會把嗓子哭壞的。既然你們這麼想要禮物，那我變些禮物給你們好了。」

一聽到他這麼說，哭聲就像突然被關掉的收音機，一下子全停了。小動物們用毛茸茸的小爪子或翅膀擦了擦眼淚和鼻涕，又充滿希望地看著南極老人。

「但是……你們想要什麼呢？」南極老人輕聲問。

「我想要一個手機！」一隻小野貓大聲說。

「我也想要手機！」

「我也要！」

……

無數隻小爪子和翅膀舉了起來，想要手機的小動物可真不少。

南極老人卻皺起了眉頭：「手雞……為什麼要這麼怪的東西？」

說著，他揮了揮寬大的衣袖，屋子裡立刻白煙瀰漫。白煙散去後，一隻長著人手的公雞站在地上，「咕咕咕」直叫。

「怎麼樣？」南極老人得意地看著大家，說，「這種動物我還是第一次變，還不錯吧？」

所有動物都睜大了眼睛，看著那隻奇怪的公雞。那隻想要手機的小野貓甚至被嚇哭了：「嗚嗚……好可怕！怪物雞！」

南極老人撓著頭問：「你要的不是這個？」

小野貓拼命地搖頭。

南極老人想了想，又揮了揮袖子，煙霧過後，那隻長著手的公雞消失了，取而代之的是一隻捧在他手心裡的、只有核桃那麼小的小公雞。

「那你要的是這個吧？」

小野貓看著那隻玩具般的小公雞，往後退了兩步，搖搖頭。

「你要的手雞到底是什麼樣子的呢？」南極老人為難地嘟囔著。他一收手指，那隻小小的公雞也消失了。

「您不知道手機是什麼？」小動物們像看怪物似的看著他。

他揚了揚眉毛，問：「不是一種雞嗎？」

「不是雞！是智慧手機！」

哈哈，我乾笑了一聲。我早就想到了，做為仙人的南極老人一直隱居在崑崙山，怎麼可能知道智慧手機這種東西。是的，其實從看到梅花鹿的那一刻我就已經明白，站在我面前的不是聖誕老人，而是壽星仙人南極老人。怪不得看到他的第一眼我就覺得那麼眼熟呢！奶奶家貼的「福祿壽」年畫上就有他的神像。

「智慧手機是什麼東西？」南極老人問。

我從抽屜裡翻出媽媽的舊手機遞給他，說：「看！這就是智慧手機。」

南極老人接過手機，反覆地看：「嗯……好奇怪的東西，這塊金屬有什麼用？」

我湊到他身邊，輕輕按下了開關鍵，手機屏幕「啪」地一聲亮了，各種功能在屏幕上顯示出來。

「哇！」南極老人的手抖了一下，兩隻眼睛緊緊盯著屏幕。

緊接著，我隨便撥了一個同學的電話號碼，另一端接通電話的一瞬間，南極老人忍不住讚嘆出聲：「隔空傳音……這真是個寶貝！」

哼！還不只如此呢！我隨便點開了一個影片軟體，當電影在手機裡播放出來時，南極老人的臉都憋紅了。

這之後，我又展示了手機遊戲、網際網路、美圖軟體和購物軟體，南極老人吃驚得嘴巴一直沒有合上。

「這件寶物的法力太強大了！」過了好一陣，他才緩過神來，「妳是從哪裡得到它的？」

「商店，或者在網路上買也行。」我回答，「這不是什麼寶物，手機在人

類中很普遍，連小孩都在用，因為很方便。」

「看來我真應該多出來走走，我一直以為人類的科技發展還停留在鐵鳥時代。」南極老人深吸了一口氣。

「鐵鳥？」

「對，金屬大鳥，經常從崑崙山頂經過，鳥肚子裡坐著人。」

還沒等我開口，周圍的小動物們就齊聲說：「那是飛機！」

「雞？」南極老人笑了，「人類還真喜歡用『雞』來取名字。」

他蹲下來和善地對那隻小野貓說：「這種手『雞』我現在變不出來。不過我會回到崑崙山好好研習，如果能變出來了，我會第一個送給你。」

小野貓失望地點點頭。

「大家別為難南極老人了。」我大聲說，「他不是聖誕老人，大家聽說過壽星吧？就是他啊！」

一隻小刺蝟問：「那聖誕老人呢？」

「他應該還沒來呢！」我指著鐘錶，「看，現在才晚上九點鐘，傳說裡的聖誕老人可都是十二點鐘才會出現。」

「那我們繼續去等聖誕老人吧！」

說著，小動物們就爭相恐後地跑回院子裡，藏起來了。

「聖誕老人是誰啊？」南極老人好奇地問。

「他是西方世界的一位神仙，每年這個時候，都會給世界各地的孩子們送禮物。」我回答。

「還有這樣的神仙？」南極老人睜大了眼睛，說，「看來我應該抽點時間去西方世界巡遊一下。」

「您怎麼會出現在故宮裡呢？」

「我聽說故宮正在展出一位明朝宮廷畫家畫的我的畫像。」

「您說的是那幅《南極老人圖》吧？」我說，「就是我媽媽幫忙佈展的，展覽設在武英殿。」

「太好了！我去看看。」

南極老人邁開腳步，穿過牆壁不見了。我趴到窗戶上往外看，院子裡的梅花鹿也消失了。

我回到床上，繼續等聖誕老人出現。可是，我的眼皮越來越重，沒多久我居然迷迷糊糊地睡著了。

「喂！起床了！再不起床，上學就要遲到了！」耳邊傳來媽媽的聲音。

我一下子坐起來，窗外的天空閃著濛濛的亮光。已經是早晨了。

床頭上，一份包裝漂亮的禮物靜靜地放在那裡。我長嘆了一口氣，看來我又錯過了聖誕老人。

那天上學的路上，只要碰到小動物我就會問：「你昨晚看見聖誕老人了嗎？」

無論是小刺蝟、小麻雀、小老鼠還是小野貓，都揉著迷迷糊糊的眼睛說：「不知不覺就睡著了，什麼都沒看見。」

不過，每隻小動物回到家都收到了聖誕老人送來的禮物，高高興興地過了個耶誕節。

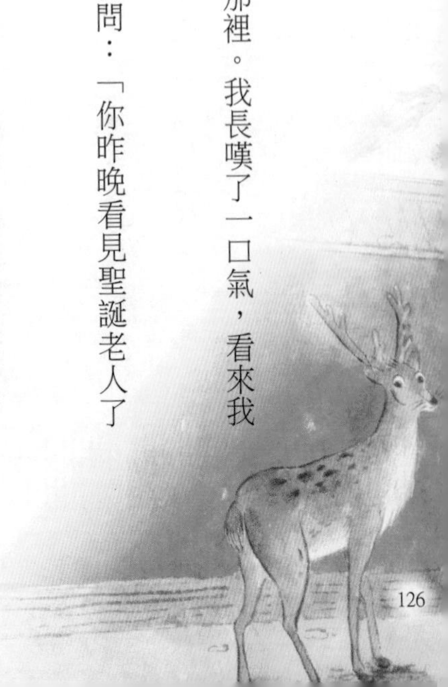

柒 天下第一毒藥

「妳知道天下第一毒藥是什麼嗎？」

故宮夜深人靜的時候，正是楊永樂講恐怖故事的好時候。

「砒霜？」我猜。

他搖搖頭說：「不對，再猜！」

我歪著頭說：「鶴頂紅？」

「還是不對！」

「到底是什麼？」我急了。

他神神祕祕地說：「是孔雀膽。」

於是，他就跟我講了一個孔雀膽的故事……

那是一個沒有月亮，也沒有星星的夜晚。一隻黃鼠狼藉著大霧溜進了乾清宮的院子。他簡直就像黑暗裡剪下來的一片碎片似的，連腳步聲都沒有。

黃鼠狼跑到東南側的房門前，把耳朵緊緊貼在門上，專心聽了好一陣子。緊接著，就敏捷地一閃身，進了宮殿。

這可不是一座普通的宮殿，這裡是清朝皇帝的御藥房。宮殿裡掛著康熙皇帝親自寫的「藥房」和「壽世」的匾額。

黃鼠狼飛快地穿過供奉著藥王神像的藥王殿，直奔最裡面的房間。那是個飄著濃濃中藥味道的房間，整面牆都放著高高的櫃子，這些櫃子被分成一個個正方形的小抽屜。不要小看這些小小的抽屜，清朝的時候，全國最珍貴、最少見的藥材都存放在這裡。

黃鼠狼先打開下面的抽屜，然後踩著敞開的抽屜，像上臺階一樣，一層一層地爬到藥櫃上方，眼睛閃閃發亮。

他正忙著時，身後卻冷不防傳來這樣一個聲音：「晚上好。幹勁挺足的嘛！」

這突如其來的聲音，嚇得黃鼠狼肩膀一哆嗦。他回頭一看，只見一隻尾羽如浪花般的藍孔雀站在他身後，就算在黑暗中，他渾身也閃耀著絢麗的光芒。

「還以為是什麼討厭的怪獸呢……」黃鼠狼鬆了一口氣。

因為太過美麗，又舉止優雅，明朝和清朝的皇帝們都特別喜歡孔雀。他們認為孔雀是擁有高尚品德的神鳥，代表著天下的文明和修養。所以，故宮裡的孔雀特別多：孔雀瓷瓶、孔雀屏風、孔雀羽毛扇……甚至皇帝的寶座前，都擺著孔雀造型的藝術品。

他是隻在故宮裡生活了很多年的黃鼠狼，知道在乾清宮裡碰到孔雀不算是什麼稀奇的事情，何況從來沒聽說過孔雀傷害黃鼠狼這類的事。

「這麼晚了，有什麼事嗎？」黃鼠狼的膽子大了起來。

「這句話不是應該我問您嗎？」孔雀彬彬有禮地說，「您這麼晚到御藥房來做什麼呢？」

黃鼠狼壓低聲音說：「我是來找藥的。」

「治什麼病的藥呢？」

「不是治病的藥。」黃鼠狼的眼睛冒出了凶光，說，「我在找毒藥。」

「毒藥？」孔雀問，「您要用毒藥做什麼呢？」

黃鼠狼一愣，接著就哈哈大笑起來。

「毒藥當然是用來毒死別人的了。」

他想嚇孔雀，孔雀卻一臉平靜。「您要毒死誰呢？」

「一個傷害過我，而我又拿他沒辦法的動物。」黃鼠狼說，「要是換了別人，我肯定什麼都不會說。但你是孔雀，道德高尚的神鳥，是絕不會把別人的祕密傳出去的，我才和你實話實說。我要毒死的是保衛處的警犬黑子。」

「他怎麼傷害到您了？」

黃鼠狼搖了搖身後短短的尾巴，說：「看，他一口咬掉了我半條尾巴。要知道，尾巴對我們黃鼠狼來說，可是重要得不得了的東西。我現在不但跑得沒有以前快，爬樹不如以前穩當，而且再也不可能結婚了。不會有一隻母黃鼠狼願意和半條尾巴的我在一起生活的。所以，我必須報仇。」

孔雀點點頭，說：「您受到的傷害，我可以理解。不過那隻警犬是無緣無故就咬傷您的嗎？」

「至於緣故，我那天嘴特別饞，正打算捉一隻肥鴿子來吃，結果剛剛撲上去，就被他從後面追上來咬掉了尾巴。」

「這麼說，警犬是為了救那隻鴿子才咬您的？」孔雀問。

「黃鼠狼吃鴿子，這是大自然安排的食物鏈，誰也不能因為這個指責我。我們總不能活活餓死不是？」黃鼠狼氣哼哼地說。

「當然，當然。」孔雀點著頭說，「但是，警犬保護鴿子也是他的職責。」

「他愛保護誰就保護誰，他咬斷了我的尾巴，我就要報仇！」

孔雀皺著眉頭想了想說：「把警犬殺死您的尾巴就會長出來嗎？」

「怎麼可能……」

「那殺死警犬對您有什麼好處呢？」

「我的後半生都被他毀掉了，殺了他，我的心裡多少會覺得暢快些。這對我的健康肯定有好處。」黃鼠狼回答。

「您的理由太可笑了，我覺得您還是放棄這可怕的想法吧！」孔雀勸他。

「不行。我已經下定決心，非殺了那隻警犬不可。」

孔雀臉上突然掠過了一絲悲哀的表情，他問：「您打算怎麼報仇呢？」

「要是和警犬打架，我們黃鼠狼是贏不了的。」黃鼠狼坦白地說，「但我聽說御藥房裡藏著一種藥叫孔雀膽，是天下第一毒藥，無論是誰只要吃上一點點，都會立刻沒命。所以，我打算找到這種毒藥，然後偷偷放進警犬的狗食裡。」

「孔雀膽……您是說我們孔雀的膽？」

「沒錯。」黃鼠狼盯著孔雀的綠眼睛說，「你難道不知道你們的膽有劇毒嗎？」

「是有這種說法，但是……」

「你來得正好，快告訴我，這些抽屜裡，哪個裡面裝著孔雀膽？」黃鼠狼紅著眼睛問。

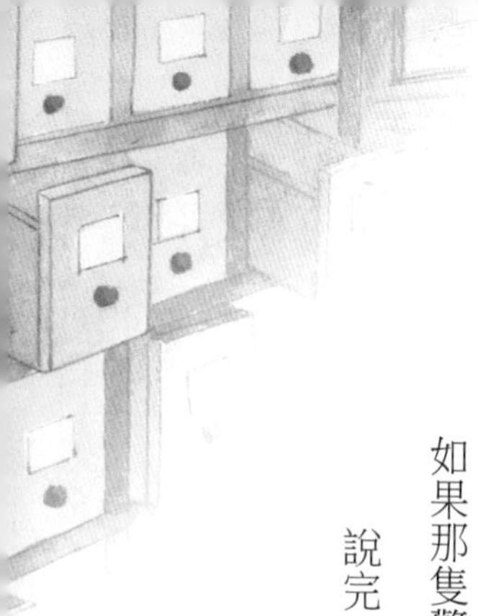

「您是要去做壞事，我恐怕不能告訴您……」

還沒等孔雀說完，黃鼠狼「呼」地從藥櫃上跳了下來，他用尖銳的爪子對準了孔雀的脖子。

「你最好快點告訴我，黃鼠狼吃掉孔雀可是經常發生的事情。」他的眼睛像紅色的火苗。

孔雀無力地說：「既然您已經下了決心，要是拿不到孔雀膽，說不定還會做出什麼別的壞事來。那我告訴您吧！孔雀膽就在左邊最上面的那個抽屜裡。」

黃鼠狼冷笑著說：「都傳說孔雀是品德高尚的動物，沒想到也這麼怕死，如果那隻警犬死了，你也算是幫兇吧！」

說完，他躥上藥櫃，打開左邊最上面的抽屜，小心翼翼地拿出一小包黑色

的粉末。

「太好了！」他咧著嘴笑了起來，「這下我可以報仇了。」

「謝謝你了！」他獰笑著看了孔雀一眼，就從門縫裡鑽了出去，消失在黑茫茫的夜幕中。

而呆呆站在御藥房裡的孔雀，此時卻鬆了口氣。

三天後，黃鼠狼又回來了。

太陽剛剛下山，御藥房裡溢滿了青紫色的光。孔雀正望著藥櫃發呆，門「吱呀」一聲被推開了。

「我正要找你，沒想到這麼容易就找到了！」黃鼠狼尖叫道。

孔雀點著頭說：「這幾天，我一直在這裡等您。」

「呵呵，看來你知道我會回來找你算帳！」黃鼠狼轉著他的小眼睛說，「我

真沒想到，像你這麼高貴的神鳥也會騙人！」

「騙人？我並沒有騙您啊！」孔雀回答。

「你給我的孔雀膽是假的！」黃鼠狼生氣地說，「我親眼看著黑子一口一口把放了孔雀膽的食物吃了進去，他不但沒有死，而且叫聲還更響亮了。」

孔雀笑著說：「啊！這也是意料中的事情。」

「那你還敢說沒有騙我？」黃鼠狼眼睛裡露出了兇光。

「我沒有騙您。」孔雀堅持說，「您拿走的藥的確是我們孔雀的膽囊磨成的粉末。」

「如果你說的是真的，為什麼那隻警犬沒被毒死？」

孔雀輕聲說：「因為我們孔雀的膽並沒有毒啊！不但沒有毒，它還是很好的藥材，可以治療咳嗽和氣管炎，還可以增加免疫力，算是一種補藥呢！」

「不可能！你不要再騙我了！」黃鼠狼跳起來，說，「誰不知道孔雀膽是天下第一的毒藥，從宋朝開始，皇帝就經常會讓有罪的大臣喝下這種毒藥。要是沒有毒，那些大臣又是怎麼死的呢？」

「您說的那種毒藥並不是我們孔雀的膽，而是一種叫『斑蝥』的蟲子。」孔雀說，「因為這種蟲子生活的地方和我們孔雀生活的地方重疊，皇帝又希望毒藥的名字好聽一點，才為這種毒藥取名為『孔雀膽』。」

「你以為我還會相信你的話嗎？」黃鼠狼冷笑。

「這種誤會不光發生在我們孔雀身上。」孔雀接著說，「和孔雀膽一樣有名的毒藥鶴頂紅，您也聽說過吧？清朝的大臣們會在朝珠中放鶴頂紅，以便危急的時候可以自殺。但其實丹頂鶴頭上的丹頂並沒有毒。那種毒藥實際上是紅信石，一種有毒的天然礦物。如果您還不相信，可以去查一下宋朝的《新修本

草》或者李時珍的《本草綱目》。當然，現在上網搜索也能查到這兩本書。」

黃鼠狼愣了一下，問：「你早就知道孔雀膽沒毒，為什麼不告訴我呢？」

「我不希望您變成殺人兇手。」孔雀回答，「我想您經歷過下毒的提心吊膽、內疚和痛苦後，想法說不定會有所改變。不知道我猜對了沒有？」

黃鼠狼沒有回答，只是一動也不動地站在那裡，過了一會兒，才抽動了一下尾巴，用洩氣的聲音說：「那滋味是不好受，和捕食時的心情完全不同。偷偷摸摸給人下毒，而不是轟轟烈烈地打一場，這種事情，真讓我有罪惡感。往狗食裡放孔雀膽的粉末時，我的心都難受得快炸開了。看到他沒有被毒死，不知為什麼，我心裡反而爽快了許多。」

「再也不想幹那種事了吧？」孔雀低頭問他。

黃鼠狼搖搖頭：「已經沒有那種心情了。」

「還是回去，好好過日子吧！」孔雀笑著說。

黃鼠狼點點頭，耷拉著腦袋走出了御藥房。

故事聽到這裡，我好奇地問楊永樂：「那故宮裡到底有沒有那種叫孔雀膽的毒藥呢？」

楊永樂想了想說：「就算有，也應該藏在哪個特別隱密的地方吧！御藥房可是給皇帝抓藥的地方，放在那裡，萬一抓錯了怎麼辦？」

我點點頭，說：「那些毒藥永遠不被人找到才好呢！不，永遠消失了才好呢！」

楊永樂笑著說：「別擔心那些毒藥了，擔心一下妳自己吧！再不回去睡覺，妳媽媽大概會比怪獸還可怕。」

我看了一眼旁邊的鐘錶，跳起來就往外面跑，那速度比黃鼠狼還要快。

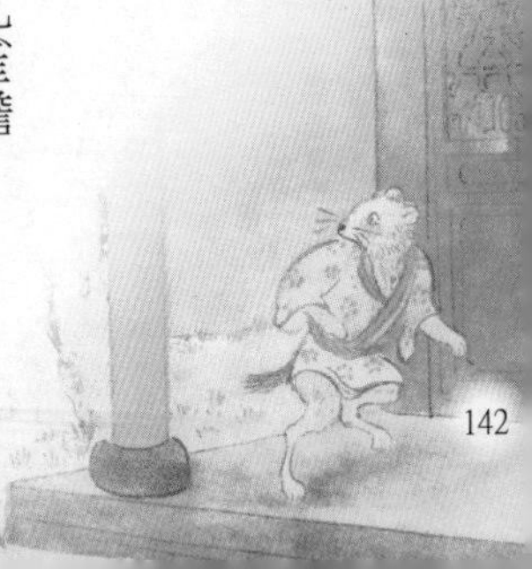

捌

誰也看不見的宮殿

「十五、十六、十七……」楊永樂的聲音忽高忽低。

我飛快地往東邊跑去，嘴裡「呼呼」地吐著白氣，雖然快要立春了，但天氣還是很冷。

我們正在玩捉迷藏。已經玩了幾局了，每次輪到我藏的時候，楊永樂都能輕輕鬆鬆找到我。這次，我一定不能讓他抓到！

一轉眼，我已經跑過了雨花閣。前面有一條窄窄的小巷道，我一下鑽了進去。我本來打算躲進這條巷道通往的院子裡，可是沒跑兩步，一道紅牆就把我攔住了，居然是條死胡同！

我又著急又納悶，故宮裡怎麼會有死胡同呢？應該每條巷道都通向一座宮院才對啊！紅牆那側，只能隱隱看到一片綠油油的松樹林，風從東南方吹來，松枝發出「沙沙」的響聲。

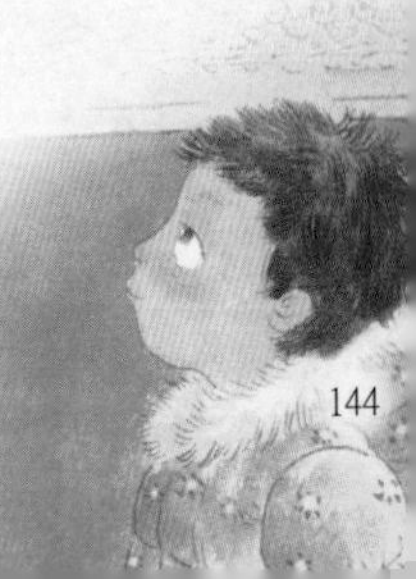

那邊應該是太極殿吧？可是為什麼看不到太極殿高高的屋頂呢？

「哈！找到妳了！」

楊永樂的聲音可真大，嚇了我一跳。

「妳真笨，居然躲進死胡同裡。哈哈哈！」楊永樂得意極了。

我撇著嘴說：「這次不算！」

「憑什麼不算！」

「我迷路了！」

「在故宮裡妳也會迷路？」

……

就在我們倆個吵吵嚷嚷的時候，紅牆的另一側傳來了「呼啦啦」的聲音。

我和楊永樂一下子安靜下來。

「你聽到了嗎？」我壓低聲音問。

楊永樂點點頭：「像是搭積木的聲音。」

「搭積木的聲音怎麼可能這麼大，我聽像拆房子的聲音。」

楊永樂把耳朵貼到紅牆上，靜靜地聽了一會兒。

「沒聲音了，拆房子的話不會只響一聲吧？」他說。

「這道紅牆的另一邊是哪裡啊？」我問他。

楊永樂想了想說：「雨花閣東面應該挨著太極殿，可是我怎麼覺得不像呢？」

「我覺得也不像。」我說，「太極殿的院子裡可沒有松樹林。」

「我們過去看看不就知道了？」他提議。

「好主意。」

我們離開死胡同，沿著紅牆一路向東跑去。

這真是一道長長的紅牆，連個小窗戶都沒有。等我們再找到門時，已經是通往太極殿和養心殿的啟翔門。

「不對勁！」楊永樂皺著眉頭說。

「我們從另一側繞過去怎麼樣？走雨花閣後面那條小路。」我說。

「嗯！」

於是，我們繞到雨花閣後面。

路過寶華殿時，我們發現這裡果然有

一道門。我們倆一口氣跑進去，一座高大的宮殿豎立在我們眼前，金色的琉璃瓦閃閃發光。咦？這不就是太極殿嗎？

我一屁股坐到臺階上，跑了這麼半天，算是白費力氣了。

「那紅牆裡面肯定有什麼！」楊永樂直盯盯地望著紅牆。

「可是為什麼沒有門呢？」我怎麼也想不明白。

「太奇怪了……」

「我們去問問梨花怎麼樣？」

「梨花會知道？」

我笑了：「在故宮裡，也許有人類到不了的地方，但沒有野貓們到不了的地方。」

還沒到晚飯的時間，想找到梨花可不太容易。我們問了鐘錶館的野貓，問了景陽宮的鴿子，又讓御花園的刺蝟帶領我們走了好一段路，才在太湖石後面找到她。梨花正在那裡天真地追螞蟻呢！看起來，簡直像一隻普通的野貓，哪裡有《故宮怪獸談》主編的樣子……

我們冷不防地出現在她面前，梨花趕緊又擺出一副沉穩的樣子。

「今天的晚飯時間要提前嗎？喵。」她蹭到我身邊。

「啊？我沒這個打算。」我搖搖頭，她怎麼就想著吃呢？「我來這裡是有事想問妳。」

梨花一下子對我失去了興趣，她跳上太湖石，趴了下來。

「找我什麼事啊？喵。」

楊永樂蹲到她面前，「妳知道雨花閣與太極殿之間的地方是哪裡嗎？」

「雨花閣與太極殿之間的地方？喵。」梨花眨著眼睛，過了一會兒她恍然大悟道，「啊……妳說的是那裡啊！」

我和楊永樂同時睜大了眼睛。「妳真的知道？」

「當然了。故宮裡哪有我不知道的地方？」梨花回答，懶洋洋的樣子一下子消失了。「怎麼說，那裡也是有一座宮殿的，那座宮殿叫延慶殿。喵。」

「宮殿？那裡居然有座宮殿！」我太吃驚了。

梨花點點頭。

「可是既然有宮殿，為什麼我們找不到它的大門呢？」楊永樂問。

「不是你們找不到，是延慶殿在外面根本沒有門。喵。」梨花回答。

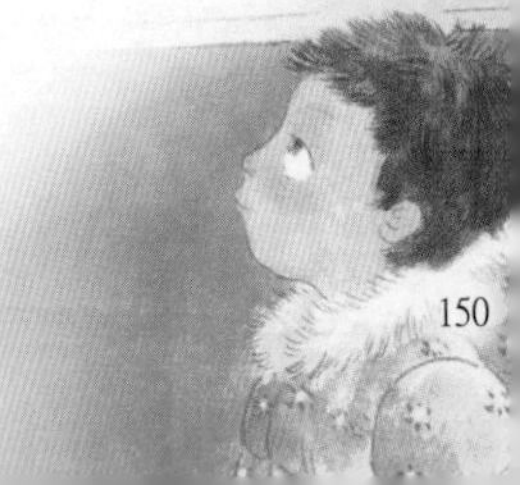

【捌】誰也看不見的宮殿

一座沒有門的宮殿？這也太奇怪了。

「沒有門，人想進去怎麼辦呢？」

「要想進延慶殿，只有一個方法，就是穿過雨花閣，從它東北角的小側門進去。不過，就連那道門也已經被封住了。喵。」梨花舔了一下爪子，說，「現在要是想進入那座宮殿就只能像我們野貓一樣翻牆進去。」

我更加納悶了，問：「既然是一座宮殿，為什麼不修個大門呢？這樣多不方便？」

梨花笑了：「不修門當然是因為修門也沒用啊！」她突然壓低了聲音說：「你們不知道，延慶殿是一座誰也看不見的宮殿。喵。」

「誰也看不見的宮殿？」楊永樂忍不住問，「那不是空氣嗎？這不會又是誰瞎編的故事吧？」

梨花搖搖頭說：「怎麼會是故事呢？雖說它是座誰也看不見的宮殿，但也不是一年到頭都看不見。每年立春、立夏、立秋、立冬這四天，這座宮殿就會出現。喵。」

「居然有這種事？」我有點不相信。一座宮殿，那麼大的房子，怎麼可能變來變去呢？

梨花接著說：「就是因為延慶殿是一座奇怪的宮殿，所以才沒有修大門，唯一的入口被封起來好多年了，它可是故宮裡的大祕密！喵。」

我直直地盯著梨花，她的話不像是騙人的。我在故宮待了這麼久，都沒聽說過有這麼一座宮殿，也許這座宮殿真的是個祕密。

「妳能不能帶我們進去看看？」楊永樂問。

梨花搖搖頭：「那可不行，唯一的那個入口被銅鎖鎖得緊緊的呢！喵。」

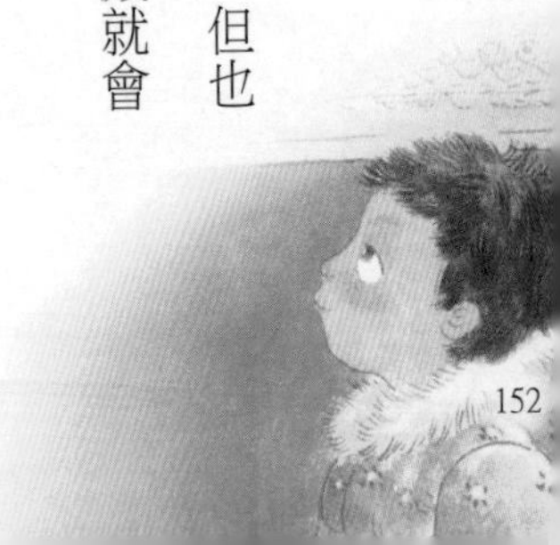

「我們給妳買五盒貓罐頭，都是妳最喜歡的海鮮味，怎麼樣？」我在她面前伸出五根手指。

梨花猶豫了一下，還是搖了搖頭說：「想打開那個入口可不容易……」

「我就知道妳不敢帶我們去，什麼看不見的宮殿，怎麼可能？是妳為《故宮怪獸談》新編的故事吧？」我故意「哼」了一聲。

梨花生氣了：「《故宮怪獸談》從來都不編故事，我們只報導事實！我曾經親眼看到延慶殿慢慢消失的樣子，怎麼可能是編的？喵！」

「六盒貓罐頭，我存的零用錢最多只能買這些。」我湊到她耳邊說，「我知道妳一定有辦法的。」

梨花藍色的眼珠轉了轉。

「好吧！不過我要先準備一下。喵。」她站起來，尾巴在身後拍來拍去。

「立春那天下午，你們到雨花閣等我吧！」

「我們一定準時去！」我和楊永樂齊聲說。

梨花跳下太湖石，邁著貓步離開了。

從那天起，無論是上學、寫作業、玩遊戲還是上課、補習，我都惦記著延慶殿的事。楊永樂也一樣，只要我們兩個碰在一起，討論的就都是誰也看不見的宮殿的事情。

一天天過去，天氣也越來越暖和。東南風吹來，已經能聞到潮濕的泥土氣息。

終於，立春那天到了。

一放學，來不及放下書包，我就朝著雨花閣跑去。雨花閣並沒有對遊客開放，大門還是緊鎖著的，不過這可難不倒我。我繞到昭福門，它是雨花閣的後

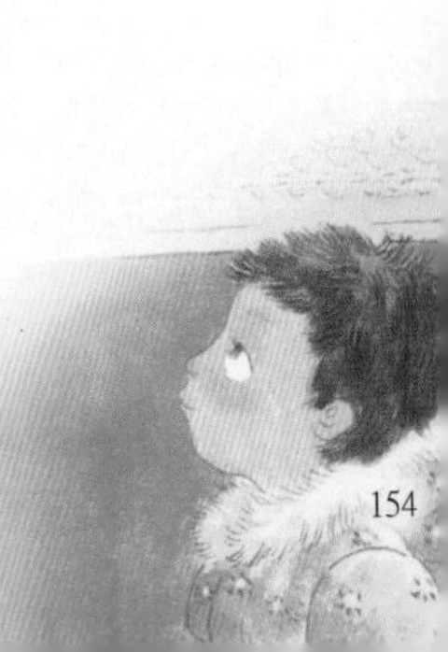

門。最近故宮正在修復雨花閣旁邊的梵宗樓裡的文物，工作人員都是走這扇門的。果然，大門上雖然掛著鎖，但是並沒有鎖上。我輕手輕腳地溜進去，一溜小跑地穿過院子，找到了東北角的小門。

那扇門上的鎖已經不見了！梨花還真有辦法。

我正想著，突然有聲音說：「怎麼這麼晚才來？就等妳了！」

我轉身一看，楊永樂和梨花正藏在一棵大樹後面。

「對不起，對不起。」我趕緊道歉。

梨花不滿地看了我一眼問：「罐頭帶來了嗎？喵。」

我拍拍鼓囊囊的書包，「都在這裡了！」

「那你們進去吧！喵。」梨花指了指小門。

「妳呢？」

「等你們進去後，我把門鎖上再進去，這樣就不會有人發現了。喵。」她說。

真是隻聰明的野貓！

我和楊永樂一起鑽進了小門。我們進入一個不大的院子裡，有兩排簡單的房子和一座普通的宮門，宮門上寫著「延慶門」三個金字。穿過延慶門，一座宮殿出現在我們眼前。

說實話，看到它我真的有些失望。它和故宮裡的宮殿沒什麼區別，金色的琉璃瓦，紅色的宮牆。只是比起那些金碧輝煌的大宮殿，它更小、更破，琉璃瓦已經開始褪色，很多牆面都露出了水泥的顏色，宮殿前的院子裡長著半人高的枯草，是一座沒有修復過的、破舊的宮殿。

這真的是梨花說的那座神奇的宮殿嗎？

梨花從牆頭上跳了下來。我不禁想，在故宮裡還是做一隻野貓最方便。

「這就是延慶殿？」楊永樂問。

梨花點點頭，很專業地介紹：「這是主殿，你們剛才進來的地方是配殿。主殿後面還有一個院子，不過那裡沒有房子，只有松樹林。喵。」

「這座宮殿是幹什麼用的？」我問，「難道也是給皇帝的妃子們住的？」

梨花笑了起來：「哈哈，怎麼可能給妃子住？那宮殿消失時，妃子住在哪呢？喵。」

「真的會消失嗎？」看到宮殿的樣子後我又開始懷疑了。

「等著瞧吧！」梨花仰望天空說，「看，天就要黑了。喵。」

真的，一不留神，太陽已經落向了西方。金色的夕陽灑下來，和宮殿金黃色的屋頂融在一起，簡直分不清哪裡是天空，哪裡是屋頂了。只過了一會兒，太陽就沉到了西山的山頂。我們吃驚地發現，金色的屋頂和金色的陽光一起消失了。沒有了閃耀的陽光，血紅色的晚霞佈滿了天空，遠遠看去，讓你分不清哪些是紅牆，哪些是晚霞。和屋頂一樣，當太陽落到山後時，紅色的宮牆也隨著紅色的晚霞一起消失了。天空陷入黑暗裡，宮殿的大理石基座模糊起來，不久就融化在黑暗裡。無論我怎麼搖頭，怎麼揉眼睛，那座剛剛還在眼前的宮殿，卻隨著陽光一起消失了。月光靜靜地灑下，失去了宮殿的空地看起來，像是一片海洋。

「太不可思議了……」我讚嘆道。

「是啊！誰能想到呢？」楊永樂也愣住了。

我們倆傻呼呼地站在那裡，好長時間都回不過神來。

「呼啦啦，呼啦啦……」

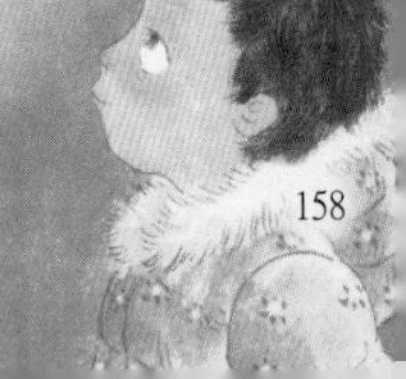

突然，一個聲音傳進了我的耳朵，這不是我那天聽到的聲音嗎？就是因為這個聲音，我才開始對延慶殿好奇的。

我四下尋找，天已經全黑，卻還能模模糊糊地看到，遠離我們的院子的一角，有一個黑影正在賣力地做著什麼，而聲音就是從那個方向傳來的。

我一下躲到楊永樂身後，用手指著那個黑影說：「那兒好像有人……」

梨花望了望我指的方向，說：「是有人，不過應該不是工作人員，這個時間他們都下班了。喵。」

「那會是誰？」我更害怕了。

「我去看看！」

梨花朝著黑影的方向跑去，這隻野貓的膽子可真大！

她跑到黑影面前，似乎在說什麼。很快，她對著我們招了招手。

「來了！」楊永樂大步走過去。我猶豫了一下，但一個人待著更害怕，於是也跟了過去。

走近了我才看清楚，那個黑影居然是個頭上梳著雙髻的小男孩！

「我來給你們介紹一下，這位是春神芒童。」說完，梨花客客氣氣地說，「這兩位是我的朋友，李小雨和楊永樂。」

春神居然是個小孩？我上下打量著芒童，他也就七八歲的樣子，胖胖的，滿臉愁容，手裡還拿著一把鋤頭。

「你好，芒童，我是李小雨，很高興認識你。」

「你好，我是楊永樂，沒想到能在立春這天見到春神。」楊永樂滿臉放光。

芒童抬起頭來，高傲地說：「每年立春的時候，我都會一大早就來延慶殿播種。但今年我的黃牛病了，所以來晚了。」

「為什麼每年立春你都要來這裡呢？」我問。

「這是我的工作啊！」芒童翹了翹下巴，說，「以前，每年這個時候，皇帝都要來延慶殿迎接春天，為他的人民祈福。我來這裡接受人類的祭拜，並播下春天的種子。」

原來，延慶殿是古代皇帝祭祀春神的地方啊！我恍然大悟。

「那立夏那天你還會來嗎？」我問。

芒童捂住嘴，「嘎嘎」地笑出了聲。「立夏那天當然就是夏神祝融來啦！他會為我播下的種子澆上雨水。等到立秋那天，秋神蓐收就會來這裡採收果實，送給人們。而立冬時，冬神玄冥會把這一切埋入土壤，這樣第二年土地會更加肥沃。」

我明白了，為什麼延慶殿會在立春、立夏、立秋、立冬這四天出現，它要在這裡迎接四季之神，幫助人們祈禱四季平安。

「你的種子種完了嗎？」楊永樂一臉感興趣的樣子。

芒童搖了搖頭，說：「今天來晚了，耕牛也不在，連雜草都沒拔完呢！以前，這些草幾分鐘就被大黃牛吃進肚子裡了。」

「我們來幫你拔草怎麼樣？」

芒童得救似的睜大眼睛：「你們真的願意幫我幹活？」

「看我的吧！我在家裡經常幫我舅舅的花園除草。」楊永樂一邊說，一邊「哐、哐」地揮起了鋤頭。我跟在他身後，沒有鋤頭，就用手拔園圃裡的枯草，希望自己能為故宮的春天出一點力。

芒童跟在我們身後，在鬆軟的土地裡挖下一個個小坑，埋下種子，嘴裡還唱起了歌：

種下花兒，種下蔬菜，
種下糧食，種下果樹。
讓柳枝發芽，催鳥兒唱歌，
讓湖水變綠，幫土地散香。
看第一顆星，望火燒雲，
因為春天來了，春天來了。

……

從那以後，過了幾個月。熱鬧的夏天過去，風開始涼爽的時候，一個挺大的包裹寄到了失物招領處。包裹用金黃色的紙包著，還繫著金黃色的帶子。包裹上面寫著我和楊永樂兩個人的名字。

我和楊永樂打開包裹一看，哎呀！裡面裝滿了好聞的水果和蔬菜，有金黃色的香梨、玫瑰香的葡萄，還有扁豆、茄子、絲瓜……在這些蔬菜下面，壓著一張卡片：這是在延慶殿採收的蔬菜，是春神的謝禮。

我們瞪圓眼睛，那一座誰也看不見的宮殿裡，居然能長出這麼多水果和蔬菜，實在太令人吃驚了！但是，春神不是只有立春那天才會出現嗎？這謝禮又是誰送來的呢？

楊永樂像是想起了什麼，從抽屜裡找出一本桌曆。我的眼睛跟著他手指的地方一點點地看過去，啊！對了，原來今天是立秋。一定是秋神蓐收得到了春神芒童的委託，把這些採收的果實給我們寄了過來。

我們馬上把水果洗乾淨。在誰也看不見的宮殿裡採收的水果，甜甜的、香噴噴的，吃上一口就覺得身體發輕，彷彿隨時能飛上天空，這真是奇妙的感覺！

玖 叫「傾城」的花

暮春的黃昏，楊永樂看到了一隻黃色的蝴蝶。他指給我看，在被夕陽映紅了的松樹後面，一隻大大的蝴蝶，正在花叢中翩翩起舞。那蝴蝶翅膀的顏色比檸檬還要鮮豔，比陽光還要燦爛。

「好漂亮啊！」

我輕輕走過去，伸出手一捏！蝴蝶「呼啦、呼啦」揮動著翅膀飛走了。我和楊永樂一起去追那隻蝴蝶，不知道為什麼，我們都想著非要抓到她不可。

黃色的蝴蝶終於又停了下來，在綠油油的矮樹叢上，她簡直黃得耀眼了。

我放輕腳步走過去，卻被楊永樂一把攔住。

「這樣是抓不到她的。」他用小得不能再小的聲音說，「妳在這裡看著她，我去取網子。」

我點點頭，眼睛睜得大大的，一刻也不離開地盯著蝴蝶。從來沒見過黃得

如此嬌豔的蝴蝶，她是從哪兒來的呢？如果讓我猜，她應該來自那個離太陽最近的城市吧！一個最早能看到日出的地方，所以才能有這陽光般的顏色。

蝴蝶像是飛累了，停在矮樹叢上，兩隻翅膀緊緊地靠在一起，一動也不動。

楊永樂取來網子，看著他踮起腳尖朝著蝴蝶慢慢走近的樣子，我的心怦怦地跳個不停。網子「啪」地扣到了蝴蝶上面，我忍不住「啊」地叫了起來，這回捉住了吧？

我們跑到網子前，翻開網子一看，哪裡有什麼蝴蝶，只有一片被蟲子咬過的樹葉。而蝴蝶已經輕盈地飛了起來，從我們身邊溜走了。

「哈哈，哈哈……」耳朵裡居然傳來了蝴蝶的笑聲。

我撅起嘴，對楊永樂說：「你看，蝴蝶都嘲笑我們笨了！」

兩個能跑又能跳的人，還帶了工具，卻連一隻飛得不快的蝴蝶都抓不到，難怪她會嘲笑我們。

「看我的！」楊永樂舉著網子追過去。

我跟著他穿過御花園，穿過一座又一座的宮殿，穿過一道又一道的宮牆，最後追到了慈寧宮花園。身邊到處都是嫩得出水的綠色，空氣中飄著好聞的花香。

我跑得累極了，一屁股坐到地上，楊永樂仍然不甘心地追著。

就在這個時候，我突然覺得陽光有點晃眼，抬頭一看，啊！那是什麼？

鬱鬱蔥蔥的松樹間，竟然飛滿了耀眼的黃蝴蝶，她們像是風吹到空中的秋天的銀杏葉，又像是被陽光染了色的雲。

我的眼睛都瞪圓了，看起來約有上百隻吧！哪兒來的這麼多的黃蝴蝶啊？

「楊永樂，你快看！」

「等等！就快抓住了！」楊永樂頭也不回。

「別抓了，別抓了！」我大聲叫，「你快往天上看！」

楊永樂停住腳步，抬頭望去，他吸了口氣說：「哇！這麼多！」

他舉著網子東竄西跳，嘴裡還招呼著：「快捉呀！快來幫我捉一隻！」

我跑過去，揮舞著雙臂去捉那些蝴蝶。真奇怪啊！看起來只要隨手一抓就可以抓到的蝴蝶，我們卻一隻也捉不到。白色的網子在蝴蝶群裡晃來晃去，每次眼看著就要捉到時，都被蝴蝶溜走了。

我們倆已經跑得筋疲力盡，一屁股坐到了松樹下面，慈寧宮花園此刻安靜得很。

蝴蝶們飛得越來越低，當我們緩過神來的時候，已經被黃色的蝴蝶們包圍了。

她們像完全沒看到我們似的，在我們的耳邊、鼻子下面，蹭著臉頰地飛過去。黃色的翅膀、黃色的身體、連眼珠都是黃色的……哇啊！我被這耀眼的顏色弄得眼花繚亂了。我不由地閉上了眼睛，耳邊只有上百隻蝴蝶「呼啦、呼啦」搧動翅膀的聲音。

「這是什麼？」楊永樂在旁邊小聲嘟囔。

我睜開眼睛，嚇了一跳。

蝴蝶們不見了，上百隻黃蝴蝶就在我閉眼的一瞬間全部消失了。陰涼的樹蔭下，只剩下一股淡黃色的煙霧。難道蝴蝶化成煙了？

「好香啊！」楊永樂猛然吸了幾下鼻子。

我也學著他的樣子，沒錯，那些黃色的煙霧散發出一股香甜的味道，這味道就像

是好吃的蛋糕屋裡發出的香味。

「妳看那邊！」楊永樂指著不遠處的樹叢說。

我順著他的手望過去，樹叢後面不知道什麼時候擺了一張鋪著黃色桌布的桌子，桌子旁邊，一群穿著黃色裙子的女孩子圍坐在那裡。我驚訝得連呼吸都忘了。

女孩子們像是突然看到我們似的，一邊調皮地笑著，一邊使勁地朝我們揮手。

「我們要過去嗎？」

楊永樂點點頭，說：「過去看看吧！」

我往後躲了躲，「不會是什麼陷阱吧？」

他笑了：「妳沒看出來嗎？她們就是那些蝴蝶變的。蝴蝶那麼柔弱的昆蟲，會有什麼陷阱呢？」

我想了想，覺得他說的有道理，就和他一起朝著樹叢走去。

女孩子看見我們來了，都高興地笑了。她們的年齡看起來還沒有我和楊永樂大，就像在學校操場上跑來跑去的那些二、三年級的小學生，她們的臉白白的，胖胖的，很親切的樣子，但無論是哪張臉，只要我的眼睛一移開，就會立刻想不起她們的樣子。

「餓了嗎？」

「對啊！跑了這麼久肚子餓扁了吧？」

「看這個女孩子，多瘦啊……」

……

女孩們七嘴八舌地圍著我們問了起來。

這時候，我和楊永樂才發現，鋪著黃色桌布的桌子上，擺滿了好吃的：像月亮一樣圓的布丁，淋了好多蜂蜜的甜餅，鬆軟的檸檬蛋糕，冒著熱氣的蜂蜜茶……

「吃點東西吧！」

「這可好吃了……」

「嚐嚐！快嚐嚐！」

……

有的女孩把盤子準備好，有的幫我們倒好茶，有的幫我們把點心夾到盤子裡。

「這個布丁超好吃！」

「檸檬蛋糕是剛出爐的。」

「茶要熱的才好喝，快喝吧！」

……

我們面前的盤子裡，不一會兒就堆滿了香噴噴的點心。我的肚子突然餓得「咕嚕嚕」直叫，不由得端起了玻璃杯。金黃色的蜂蜜茶冒著白色的煙，彷彿一抹陽光被盛進了玻璃杯，連熱氣都沒來得及散開。

真的能喝嗎？我斜著眼睛看楊永樂，楊永樂已經自顧自地吃起了布丁。

「真好吃！」楊永樂大口大口地吃著。我有點吃驚，楊永樂可不是貪吃的人，可是他吃布丁的樣子就像是好久沒吃過東西一樣。

這時候，我突然想起了動畫影片《神隱少女》裡，千尋的父母坐在靈異小鎮上大吃的樣子，和楊永樂現在的樣子太像了。他們因為吃了神靈的食物，變成了豬。楊永樂吃了蝴蝶的食物，會不會變成蝴蝶，再也變不回人了呢？

我愣了一下，慌亂地搖著腦袋，「啪」地把茶杯扔在地上說：「我不要！」楊永樂驚訝地看著我，嘴裡還含著沒吃完的布丁。我把他的盤子搶過來扔得遠遠的，「別吃了！蝴蝶的食物不能吃！」

看著我一連串的動作，黃裙子的女孩們居然笑了起來，「哈哈哈哈」的笑聲一點也不讓人感到愉快，相反，在我的耳朵裡這聲音甚至恐怖！

我彈簧似的站了起來，拉住楊永樂的手說：「我們快走吧！」

可是他動也不動地坐在那裡，跟著女孩們一直笑。

「真開心啊！」他一邊笑一邊說，「身體輕飄飄的，好像要浮起來似的。」說著，他唱起了歌，還在草地上跳起了舞。

「你怎麼了？到底是怎麼了？」我一步一步地往後退去，一邊退一邊嚇得渾身發抖。

楊永樂仍然不停地跳呀跳，旋轉著跳舞。

「太好了！太好了！」女孩們為他鼓掌，透明袖子上黃色的顏料像花粉一樣掉了下來。

糟糕！楊永樂要變成蝴蝶了！

這時候，女孩們唱起歌來：

「快變啊，快變啊！

你就是那第一百隻蝴蝶，

一百隻蝴蝶，一隻也不能少，

百蝶壽字圖，一百隻蝴蝶，

一隻也不能少……」

楊永樂在這歌聲中骨碌碌地轉，跳個沒完……不知不覺，他的上衣變成了

黃色，再跳一會兒，褲子和鞋子都變成黃色了！

來不及了！快來不及了！我急得團團轉，頭上都是汗。

就在楊永樂的眼睛變成黃色的時候，我卻突然冷靜了下來。現在不是著急的時候，要趕緊想辦法救楊永樂才行。

我一邊聽著蝴蝶們的歌，一邊腦子裡飛快地轉了起來。

一百隻蝴蝶……

為什麼是一百隻呢？

百蝶壽字圖……

聽起來好耳熟啊！我的眼睛亮了一下，我見過「百蝶壽字圖」！在那次清朝宮廷畫的畫展上，我看到一百隻蝴蝶拼成大大的「壽」字。媽媽說蝴蝶的「蝶」與耄耋的「耋」字同音，所以古代的人認為蝴蝶代表長壽。那張畫卷上好像有一點點破損，當時我還覺得非常可惜。仔細想一想，那破損的地方不正是一隻蝴蝶嗎？

啊！我一下子明白了。因為有一隻蝴蝶不見了，所以蝴蝶們要把楊永樂變成蝴蝶來替代她呢！所以，她們才會唱道：「你就是那第一百隻蝴蝶，一百隻蝴蝶，一隻也不能少……」

我拼命地在草叢中翻找。如果我猜對了，那「百蝶壽字圖」一定就在這附近。

矮樹叢裡沒有……樹洞裡沒有……草地上沒有……

我滿身大汗地亂找一通，眼看著楊永樂一點點變成黃色，我連一秒鐘也不敢休息。可是，蝴蝶們藏的東西，是不會那麼容易被找到的。直到楊永樂的手指尖都變成了黃色，我也沒有看到「百蝶壽字圖」的影子。

這可怎麼辦？我出了一身冷汗。天已經越來越暗，楊永樂真的要變成蝴蝶了！

就在我急得團團轉的時候，我卻聽到了輕得不能再輕的聲音。

「在這裡！在這裡呢！」

我左看右看，發現聲音是從遠處一簇花叢的方向傳來。

我朝蝴蝶們的方向望去，蝴蝶們正對著楊永樂唱歌，沒有人注意到我。於是，我飛快地跑到花叢裡。啊！被我找到了！「百蝶壽字圖」就藏在花根下面呢！那上面只有一個細毛筆描出的壽字，而壽字中的蝴蝶全都不見了。

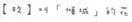

我把畫卷藏在身後，放輕腳步跑到女孩們的身邊，然後飛快地展開了畫卷。

就像一陣龍捲風吹過一樣，女孩們的裙子「呼」地一下飄了起來。眼看著，她們飄啊、飄啊的，像樹葉一樣被吸到了畫卷裡，變成蝴蝶了。

我一下子暈倒在草地上，彷彿身上所有的力氣在剛才那一刻全部用光了。等到我再睜開眼睛的時候，楊永樂躺在我的身邊，他身上耀眼的黃色正在一點一點地褪去。

我坐起來，不斷地向他吹氣。一直到黃色完全褪去，楊永樂才睜開了眼睛。

「出什麼事了？」他似乎什麼都不記得了。

「你差點變成蝴蝶！」

「蝴蝶？」

「誰叫你吃蝴蝶們的食物。」我生氣地說。

「啊！」他想起來了，「那個布丁啊！我說吃完怎麼覺得身體輕飄飄的……妳逮到黃色的蝴蝶了嗎？」

我點點頭，晃晃手裡的畫卷，「她們都在這裡呢！不信，你看……」

楊永樂的腦袋湊了過來，我小心翼翼地打開「百蝶壽字圖」。就在這時，「呼啦」一聲，畫卷中的蝴蝶們又都飛了出來！

這下糟了！一不小心又把蝴蝶們放跑了！我急得直跳。

蝴蝶們像一團火焰，黃得晃眼。這團火焰很快蔓延到了遠處的花叢上。她們像是飛累了，全都停在花叢上不動了。

我舉著畫卷輕手輕腳地走過去，卻發現，哪還有什麼蝴蝶？那如夢境般美麗的黃色，是一片盛開的黃牡丹花。

我垂著手，愣愣地站在那裡。楊永樂的聲音從我背後傳來：「續品傾城。」

「你說什麼？」我眨了眨眼睛。

「這些黃牡丹有個好聽的名字，叫『傾城』呢！」他指著旁邊一塊小木牌說。

傾城，美得讓整座城市的人都為之傾倒。

「嗯！」我點點頭，站在這簇被叫做「傾城」的花前面，直到天空暗淡下來。

有此傾城好顏色，天教晚發賽諸花。

第二天，一場春天罕見的大風吹過，「傾城」的花瓣像黃蝴蝶一樣漫天飛舞。

拾

洞光寶石丟了以後的故事

楊永樂每天早上睡醒後，總要先琢磨兩個問題。第一個問題：我昨晚睡在哪了？看樣子是失物招領處的小床上，而不是養心殿的展示品龍床或舅舅家裡。第二個問題：今天星期幾？星期三，還得去上學。想到這點，他一下把被子蓋住頭。真是太殘酷了，為什麼一個星期只有兩天是休息日，卻要上學五天呢？真不公平。

他勉強坐起來，開始穿衣服。他得起床，否則，舅舅就會用更粗暴的方式讓他起床。穿著穿著，他突然覺得有點不對勁，好像少了點什麼。脖子上空空的，那根繫著洞光寶石耳環的紅繩不知道什麼時候消失了。

他一下子清醒過來，洞光寶石耳環不見了！什麼時候掉的？掉在哪兒了？為什麼他一點印象都沒有？

他跳下床，仔細搜索床上、床下的每一個角落。沒有，連耳環的影子都沒有。他把搜尋範圍擴大到整個失物招領處，然而，直到他舅舅送他去上學的時

候，他也沒找到洞光寶石耳環。

「舅舅，你有沒有看到我的一條紅繩？」

舅舅皺起眉頭，「紅繩？別找什麼玩具了，如果你今天再遲到，就是這星期的第二次了！」

「是……算了，沒事。」

他抓過書包，最後掃了一眼地面，和舅舅一起走出失物招領處。

整整一天，他都在回憶洞光寶石耳環可能掉在哪兒，老師說的話，他一個字都沒聽進去。

從下午放學回到故宮，直到半夜，楊永樂就沒有離開失物招領處。他把那些貨架翻了個底朝天，連躲在貨架下面的死蟑螂都翻出來了，卻也沒找到洞光寶石耳環。

「你好好回憶一下，最後一次戴著它是什麼時候？」

我一邊說，一邊幫他把貨架搬回原位。

「問題就在這裡，」他皺著眉頭，「我完全想不起來，最後一次戴著它是什麼時候。妳也知道，我每天都戴著它，連洗澡都不拿下來，它怎麼會丟呢？」

「也許是繩子斷了。明天放學，我幫你在故宮裡其他地方找找看。」我拍拍手上的土說，「你別太擔心，我們還可以讓野貓、刺蝟、老鼠、烏鴉、麻雀、鴿子幫我們一起找，只要它還在故宮裡，應該就能找回來。」

他點點頭，表情並沒輕鬆多少。

我和他告別，回媽媽的辦公室睡覺去了。

楊永樂卻睡不著，他趿拉著鞋朝著中和殿走去。每天晚上這個時候，怪獸角端都會在中和殿門口乘涼。

「我把洞光寶石弄丟了。」

楊永樂挨著角端的胖肚子坐下。角端轉過頭看著他，他的嘴唇向上翻，額

頭上犀牛般的獨角在月光下閃著微光，像是一道半掩的門，通向一個楊永樂永遠無法進入的世界。

「@#￥%……」

角端說了句什麼，楊永樂沒有聽懂。這讓他有點想哭，果然，在失去洞光寶石以後，他不再能聽懂怪獸和動物們的語言了。

角端顯得也很沮喪，不知道是因為自己的朋友楊永樂弄丟了洞光寶石而難過，還是因為他也遇到了什麼倒楣事。

「你知道我的洞光寶石掉在哪兒了嗎？」問的時候，楊永樂並沒有抱什麼希望。這位怪獸博士雖然知道世界上發生的所有事情，但唯獨不知道掉的東西在哪兒。連他自己的東西掉了，都還要找楊永樂幫忙。

果然，角端搖了搖頭。

楊永樂和角端幾乎同時嘆了口氣，抬頭望向月亮。

「我真希望自己也是怪獸，」楊永樂說，「做個普通人沒意思極了。」

角端看了他一眼，發出一聲奇怪的聲音。

楊永樂也看著角端。他突然發現，角端的皮膚上裂開了一個小口。剛開始很小很小，像一條細縫，但很快，那黑色的裂口就在他眼前越裂越大，直到貫穿了角端的整個身體。

楊永樂捂住嘴，天啊，角端的皮膚裂開了！

這時，角端的身子裡面有動靜，從鱗片中間的裂口裡，透出一道金色、耀眼的光亮。那光亮越來越刺眼，突然，一樣東西從角端的身體裡飄了出來，它好像完全是由光組成的，輪廓並不清晰，但楊永樂一眼就認出那就是角端，或

者說是角端的靈魂一類的東西。

「你怎麼了?角端!」

那個光亮沒發出聲音。完全從角端的身體裡出來後，它飄到楊永樂的頭頂停住了。楊永樂感到它碰了一下自己的額頭，一股暖融融的熱流立刻穿過楊永樂的身體。緊接著，他感覺到身體的某一個部分打開了，楊永樂慢慢爬出了自己的身體。

這感覺怪極了，邁開腳步，扔下你的身體在一旁，就像剛剛脫下一件襯衫。楊永樂看到自己純白色的亮光，很好看，很聖潔的樣子。於是，兩個靈魂都飄浮在半空中，面對面。接著，角端飄向楊永樂的身體，而他則向角端那巨大的身體飄去。

我要變成一個怪獸了!我要變成角端了!楊永樂心裡想，這一刻他突然什麼都明白了。他降落下來走進角端的身體，裡面很溫暖。他坐在裡面，把胳膊伸進角端的前腿，然後再把腿伸進角端的後腿。幾乎同時，角端皮膚上的裂口飛快地開始癒合。而他的旁邊，角端已經消失在楊永樂的身體裡。

「感覺怎麼樣？」那個男孩走過來問。

「還不錯。」楊永樂回答，並站起來走了幾步，用四隻腳走路比用兩隻腳穩當多了。他能看到自己腦門上的犀牛角，他身上的鱗片就像是清爽的速乾衣。沒錯，他變成角端了，而角端變成了男孩楊永樂。

「那就好。」男孩說，「正好我在為當怪獸苦惱，咱們兩個就換上一陣吧！」

說完，男孩站起來伸了個懶腰，快步離開了中和殿廣場。楊永樂聽到他以前的身體小聲地哼著歌。

楊永樂實在太激動了，他變成了一個怪獸，真正的怪獸！他離開中和殿在故宮裡到處蹓躂。這是一個透著寒氣的春夜，但身上的獸皮卻讓他感覺到很暖和。月光照射在宮殿金黃色的琉璃瓦上，他走到牆邊，輕輕一跳就跳上了屋頂。

站在屋頂上真不錯，它足夠高，高得可以讓楊永樂看到很多地方。正值午夜，幾隻刺蝟在翻垃圾桶，還有一隻花斑貓在紅牆邊捉弄老鼠。兩隻狐狸路過宮殿下面時，恭敬地向屋頂上的怪獸施禮，這一切感覺是多麼愜意啊！

一隻蝙蝠飛到他身邊，都不敢抬頭看他的眼睛。

「角端大人，您是無所不知的怪獸，我能問您一個問題嗎？」

「問吧！」楊永樂故意壓低了聲音。他發現向上翻的嘴唇，一點都不影響他說話。

「我們蝙蝠是不是夜間飛行最快的動物呢？」

楊永樂一愣，這他怎麼知道？可是，幾秒鐘之後，他突然意識到他真的知道。角端的大腦正像一臺電腦，飛快地調出所需要的知識，告訴他答案。

「你們不光是夜間飛行最快的動物，也是世界上飛行速度最快的動物，連雨燕也不是你們的對手。」楊永樂回答。

蝙蝠對這個答案很滿意，「謝謝您，角端大人，您果然是知識淵博的怪獸。」

說完，他飛快地衝向了夜空。

楊永樂微微一笑，他很喜歡被別人尊重的感覺。這是他在舅舅家和學校都感受不到的，當一個地位高貴的大怪獸可真不錯。

他跳下屋頂，抬頭挺胸地往前走。不久，他就看見行什正在訓斥幾隻野貓。

「嗨，小貓們！我說過多少次了，不許走這條路。」行什大聲說。

「可是行什大人，這是我們回冰窖唯一的一條路啊！喵。」野貓小黑委屈地說。

「白天我不管，可是晚上這裡禁止通行，你們的腳步聲會打擾我看動畫影片。」

「那我們怎麼回冰窖呢？喵。」虎斑貓胖虎問。

「可以翻牆。」

「這邊的宮牆太高了，上面的瓦片又是傾斜的，很難跳上去。喵。」

「那就搬家吧！為什麼一定要住在冰窖呢？」行什一臉不在乎。

「您……也太不講理了吧！喵。」

行什一下子瞪起了眼睛，「你們最好不要等到我發脾氣時再離開！」

看到他這個樣子，幾隻野貓害怕地向後退了幾步，站在一旁正好看到這幕的楊永樂卻忍不住了。

「我說行什，你不要太霸道。」

行什吃了一驚，他露出微笑。「是角端啊！你今天怎麼來這邊散步了？」

「碰巧路過這裡，就看見你不講理的老毛病犯了，趕緊讓野貓們回家吧！」

行什冷冷地說：「你今天有點不對勁啊？我們的怪獸博士是從來不多管閒事的，尤其是我的閒事。」

楊永樂也知道，雖然角端博學多才，心地善良，卻很怕惹麻煩。但楊永樂可不一樣，他最看不慣的就是以大欺小，尤其是今天，他感覺到自己很強大。

「你最好管管自己的脾氣，」楊永樂不客氣地說：「別給我們怪獸丟人。」

「你說什麼？」行什的眉毛都豎起來了。

「我說，我覺得你很丟人。」楊永樂盡量保持語氣平靜，「我想龍大人如果知道今天的事情，也會這麼想。」

行什低吼了一聲，「你今天想打架嗎？」

楊永樂往前邁了一步，眨了眨眼睛說：「你知道的，我不喜歡打架，但是如果打架能讓你變得謙遜一些，我也願意試試。」

角端打架是什麼樣子？說實話，楊永樂也不知道。故宮裡應該還沒有誰見過這位愛好和平的怪獸博士打架。

行什倒吸了口冷氣，角端發怒的樣子讓他非常意外。在他印象裡，角端和他不一樣，從來不用拳頭說話。

「好吧！今天看在角端的面子上，你們過去吧！」行什讓步了，他側過身，讓幾隻野貓穿過甬道。

野貓們感激地向楊永樂施禮。

「其實東院小會議室的投影器更適合看動畫影片。」臨走前，楊永樂告訴氣鼓鼓的行什，「那裡安靜，還沒人打擾，螢幕又大又清晰，網路速度也很快。」

第二天早上，楊永樂在太和殿的龍椅前醒來。他的面前，故宮的工作人員正在做著開館前的準備。大家都在趕時間，亂成一團。不一會兒，他看到他以前的身體，裡面是怪獸角端的那個男孩穿過太和殿前廣場去上學。男孩角端看樣子迷迷糊糊的，書包耷拉在一邊的肩膀上，像個牽線木偶一樣被他舅舅拖著走。

怪獸楊永樂半瞇著眼睛，昨天和行什吵過一架後，他覺得有點累。等到一會兒遊客們湧進來後，他準備好好打個盹。

白天飛快地過去了，除了睡覺，就是看眼前的遊客，不用上學，也感覺不到肚子餓。楊永樂覺得這樣的生活還不錯，就是稍稍有點無聊。

一個不留神，窗外的天空就暗了下來。孩子們放學了，李小雨和男孩角端一起走過太和殿。在教室上課，被老師責備，在操場上打鬧，這樣過了一天後，男孩角端看樣子累壞了。楊永樂很好奇，角端對他的男孩生活感覺怎麼樣？

月亮剛剛爬上樹梢，角端就來找楊永樂了。

「在大家發現前，我們必須換回來。」男孩悄聲說，「我怎麼說你就怎麼做。」

楊永樂沒得選擇，儘管他還想再做一陣子怪獸，但這個時候他只能聽角端的。男孩握住他額頭上的犄角，把它往下拉。楊永樂感覺到身體正在被拉開，他從怪獸的身體裡走出來，幾乎同時，角端那團金色的光也從男孩身體裡滑脫出來。兩團光亮飄向對方，然後鑽回到自己的身體裡。

楊永樂從頭頂的地方滑進男孩的身體。一開始感覺有些不自在，他重新站起來時兩腿打顫，這個身體好像比昨天又長大了一點。他走到角端身邊坐下來，上身靠在角端身上。

角端倒是很快就適應了自己原來的身體。

有那麼一會兒，他們誰都沒說話，只是看著對方。

「謝謝你。」角端先開口了。楊永樂吃驚地發現，自己又能聽懂這個怪獸的語言了。

「謝謝你讓我當一個男孩，這讓我學到了很多東西。」角端說，「人類的生活很有趣，這段經歷以後會對我很有用處的。」

「不，我應該謝謝你讓我當了一天的怪獸，這是我一直以來的願望。」楊

永樂微笑著說。

「我得到的比你還多，最重要的是，你替我和行什吵了一架。太痛快了！」

「你知道這件事？是很痛快。」楊永樂有點得意，「不過，你能告訴我，我為什麼又能聽懂你說話了？」

「這很正常，因為你做過怪獸了，哪怕只做了一天，你的靈魂裡也已經有了怪獸的基因。」角端眨了眨眼睛。

「你早知道會這樣？」楊永樂驚呼。

「是的。」

楊永樂一把摟住角端的脖子，「謝謝你！角端！你不愧是我最好的朋友！」

「不客氣。」角端不好意思地嘟囔。

國家圖書館出版品預行編目（CIP）資料

故宮裡的大怪獸 9：貔貅嚮往的世界 / 常怡著； 么么鹿繪．
-- 第一版．-- 臺北市 ： 樂果文化出版 ： 紅螞蟻圖書發行，
2019.04
面； 公分．--（小樂果 ； 19）
ISBN 978-986-97481-8-6（平裝）

859.6　　108001485

小樂果 19
故宮裡的大怪獸 9：貔貅嚮往的世界

作者／常怡
繪圖者／么么鹿
總編輯／何南輝
行銷企劃／黃文秀
封面設計／引子設計
內頁設計／沙海潛行

出版／樂果文化事業有限公司
讀者服務專線／（02）2795-3656
劃撥帳號／50118837 號 樂果文化事業有限公司
印刷廠／卡樂彩色製版印刷有限公司
總經銷／紅螞蟻圖書有限公司
地址／台北市內湖區舊宗路二段 121 巷 19 號（紅螞蟻資訊大樓）
電話：（02）2795-3656
傳真：（02）2795-4100

2019 年 4 月第一版 定價／ 250 元 ISBN 978-986-97481-8-6